スリリングな鬱《うつ》

わたしは転んだ！

道草 薫

ハート出版

目次❖スリリングな鬱

目　次

目　次

［お断り］本書は基本的に実録ですが、鬱の他に記憶障害もあるため記憶が断片的な部分もあります。大筋は事実で間違いありませんが、一部こうであったろうな…、という想像で話を繋いでいる部分もあります。ご了承ください。

第1章　忍び寄ってきていた鬱

一人暮らし歴32年――。

鬱になる以前は寝ることに至福の喜びを感じ、毎夜見る夢を楽しみながら、ひとり悠々とセミダブルのベッドで寝ていた。

鬱になった後は煎餅布団に横になっている。引っ越して部屋が狭くなったという理由もあるのだが、それよりなにより、横になっている時間が2～4時間しかなくなった。使われない20時間以上をベッドなどに占領されたくはないというのが大きな理由だった。

50歳になった今も、体調によって1日中、布団に横になっていることもある。ただ横になっているだけで、睡眠時間は相変わらず短いままだ。

睡眠という、あの至福の楽しみを一体いつ失ってしまったのだろう?

眠れないよ〜！

――初めての心療内科

記憶が曖昧なのだが、たぶん30代半ば頃のことだろう。仕事は順調に進みだし、さあこれから…、という時で、やることなすこと全てが楽しかった。箸が転んでも可笑しい年頃を遅ればせながら感じていた。

夢と希望に溢れ、やりたいことが多すぎて時間がいくらあっても足りなかった。仕事や私生活といったことだけではなく、自分が考えること、自分がやることはどんなことでも楽しくて仕方がなかったのだ。

本気で自分のことを好きだと思い、自分のことが可愛かった。根拠のない自信が、自分には何でもできると思い込ませていた。時間さえあれば、あれもできる、これもできる…。

もっともっと楽しくなる。やりたいことは山ほどあるのだ。時間さえあれば…。

子供の頃から毎晩、鮮明な夢を見ていた。夢日記をつけていたこともあった。でも、いつしか現実の夢のほうが楽しく感じられるようになった。身体で直接感じることができるから…。いつからか、夢は現実に見るものとなって、寝ているときに見た夢を記憶していることもなくなっていった。

寝ることの楽しみを忘れ始めていた。身体を休めるために時間を惜しみながら寝るようになっていた。疲れ果てて眠り込んで寝坊すると、取り返しのつかない損をした気分になった。疲れて熟睡していて夢を見ることもなくなっていた。

そんな生活をどれほど続けていたのかは分からないが、どれほど疲れていても、どれほど長い時間眠っても、熟睡した気がしなくなってきた。ゆっくり休めないツケが疲れとして身体を襲った。今まで楽しかったことが疲れて楽しめない。きちんと睡眠をとらなければ…。身体でもアタマでも分かっていることだった。

早めにベッドに横になる。やっとウトウトしだした頃に、パッと目が冴える。寝ていてもその繰り返し。疲れはとれない。アルコールに頼ってみる。身体がだるくなるいっぽうで全く寝た気がしない。疲れはたまっているはずなのに、眠りにつける時間がどんどん短くなっていく。

寝ているのか朦朧《もうろう》としているだけなのかの区別もつかなくなってくる。

そのおかげで日中もアタマがボーッとして一瞬、意識を失ったようにもなる。大切な自分が睡眠のおかげでメチャクチャになっていく。

現実の夢が奪われていく。きちんと寝なければ！　そう決意してベッドに横たわっても、睡魔は訪れない。うつつの状態のまま朝を待つ。明け方のまだ暗いうちから「また、きょうも眠れなかった」とイライラが募る。

最初はそれでもウトウトすることもあったのに、日を追うごとに覚醒している時間のほうが長くなってきている。あきらかに体力も落ち始めている。これでは自分が自分でなくなってしまう。

焦れば焦るほど、眠れなくなる日が続いていく。このままではダメだ！　なんとかしなければ…。

夜中にインターネットを繋いで片っ端から睡眠について検索する。結論はすぐに出た。「薬を使うこと」。睡眠薬さえあれば眠れる。眠れれば元の自分に戻れる。心療内科に行けば、すぐに薬を処方してもらえるということも分かった。あとは実際に病院に行って薬を手に入れるだけ。

心療内科に行くことに関しては特に抵抗はなかった。深く考えもせず、近所の心療内科を標榜している病院に行った。

小さいけれど小綺麗で、患者もほとんどいなかった。中年の紳士然とした医師が簡単な問診を始める。自分はすべての原因が眠れないことにあると信じているので、とにかく眠れなくて困っているということだけを訴える。

医師は何の疑いもなく「では寝つきのよくなる薬を出しましょう」と言って、診察は終わった。ほとんど待つこともなく薬が処方され、病院を後にした。もうこれで安心だ。元の生活に戻れる。眠れないことで無駄にした時間を取り戻さなければ…。薬のチカラを信用しきっていた。

その日は夜寝るのが待ち遠しかった。薬は小さく白い錠剤。頼りない感じはするが、眠るための薬だ。これさえ飲めばスッキリ眠れるはずだ。水と一緒に飲み込む。小さすぎて飲み込んだ感触すらしないけれど、きょうはゆっくりできる。そう信じて横になる。

時計の音がどんどん大きく響き渡り始める。薬を飲んで、もうずいぶんと時間が経っているはずだ。眠れない。信じていたものが崩れ去っていく。それまで薬の名前すらきちんと確認していなかったことに気づき、起きだしてネットを繋ぐ。処方された薬の名を打ち込む。

「超短時間型」。調べてみると、いちばん手頃に処方される、内科でも処方されるような代物だったようだ。眠るための薬といってもいろいろと種類も効力も違いがあるらしい。薬は1週間分処方されているが、こんなものでは意味がない。明日こそきちんとした「睡眠薬」をもらいに行ってこよう。それで全てが解決するはずだ。初の睡眠薬の効果は全くなく、明け方までネットで検索を繰り返していた。

睡眠薬と一般にいわれる睡眠導入剤は大きく分けて「バルビツール酸系」「ベンゾジアゼピン系」がある。現在、一般に処方されるのは「ベンゾジアゼピン系」である。昔、自殺に使用されていたような薬は「バルビツール酸系」である。いまも存在するが、一般にはあまり処方されることはない。また成分の違いとは別に薬の作用する時間によっても何種類かに分かれる。「超短時間型」「短時間型」「中時間型」「長時間型」。名前だけ見ると「長時間型」がよさそうに思えるが、これは統合失調症や鬱病など、精神的疾患があり、それが原因で不眠の症状がある場合に用いられるようだ。

私は中時間型の睡眠薬の種類を調べた。

どれがいいとかは分からない。ただ、処方されやすい薬というものはあるようだ。

翌日、病院に行くと、1週間後の予約のはずが…、という怪訝な表情で「どうされました?」と様子を伺っている。薬が全く効かないこと、超短時間型のようなものでなくて、きちんと長時間効く睡眠薬を出してほしいと訴える。

普通はこれで眠れるんですけどねぇ…、などとは言いながらも機械的にカルテに何か書き込んでいる。では、もう少し効き目の強いのを出しますので、ふらつきやめまいに気をつけてくださいねといって、あっさりと処方箋をくれた。

主な睡眠薬

ベンゾジアゼピン系
（※非ベンゾジアゼピン系）

■超短時間型
マイスリー※
ハルシオン
アモバン※
ルネスタ※

■短時間型
デパス
レンドルミン
リスミー
エバミール
ロラメット

■中時間型
エリミン
ロヒプノール
サイレース
ユーロジン
ベンザリン
ネルボン

■長時間型
ドラール
ダルメート
ベノジール
メソリン

睡眠薬にはバルビツール酸系、非バルビツール酸系、ベンゾジアンゼピン系、非ベンゾジアゼピン系などの種類があり、現在はベンゾジアゼピン系と一部の非ベンゾジアゼンピ系が主流である。他にメラトニン受容体作動薬、オレキシン受容体拮抗薬がある。

その中でも血中半減期により超短時間型（6時間未満）、短時間型（6～12時間）、中時間型（12～24時間）、長時間型（24時間以上）の4種類のタイプに分けられる。不眠が強い場合それらを組み合わせて処方されることも多い。

バルビツール酸系

■中時間型
イソミタール

■長時間型
バルビタール

参考資料：『睡眠障害の対応と治療ガイドライン』第2版など

薬を手に入れ、昼間から仕事場でネットを繋ぎ薬品名を検索する。「短時間型」と書かれている。だが、短時間型といっても作用時間が6～10時間程度はあるようだ。睡眠薬にしては強いタイプではないようだが、全く効かないということはないだろう。寝不足も続いていることだし、きょうこそ眠れるはずだ。

仕事から帰り、夜の12時を待つ。なぜか12時に飲むと薬が効きそうな気がするのだ。

パジャマに着替えて、寝る準備は万端だ。薬が効きすぎて寝坊すると大変なので、目覚まし時計も枕元にセットする。そんなこんなで12時を少し回ってしまったが、きのうよりはちょっと手応えのある大きさの白い錠剤。

ちょっと緊張して口に水を含む。喉を通った錠剤が胃で溶けだす前にベッドに入ろう。そう思って、電気を消し横になる。枕元に置いた目覚まし時計の秒針の音が耳に残る。寝付くまでには30分くらいはかかるとネットに書かれていたので、焦らないようにと言い聞かせる。

部屋は真っ暗だ。時間の感覚がつかめない。でももう30分以上はたっているはずだ。目覚まし時計に手をやり、夜光塗料の塗られた針を見る。1時過ぎだ。まだ全く眠くならない。緊張しすぎているからか。リラックスしないと。時計を枕元に戻し、体勢を変えて横になる。

目を瞑《つむ》る。時計の音がさっきよりもさらに大きく刻まれる気がする。それでも目を瞑ったまま我慢する。次第に身体にチカラが入ってくるのが分かり、リラックス、リラックス…、と心の中で言い聞かせる。

寄せては引く波のように、ウトウトとした感覚とハッと目覚めて今寝ていたのかな？という感覚を繰り返しながら朝を迎えた。熟睡感は微塵《みじん》もない。得体の知れないだるさが身体を支配している。思考もまとまらない。やっぱりきょうもちゃんと眠れなかった…、という思いに包まれる。

対策は今は思いつかない。3日も続けて病院に行く気力はなかった。

また怪訝な顔を見るのは嫌だ。薬もほんの少しだが効いてはいたようだ。もっと強い薬が欲しいが、予約は1週間後だ。

いつのまにか生活は寝ることばかりを考えるようになっていた。身体がつねにだるく、集中力もない。現実の夢はアタマには浮かんでも身体が言うことを利かなくなっていた。

疲れているせいだからだと、滋養強壮のドリンクを飲む。効果は全く感じられず、逆に昼間はボーッとしてなんだかこのまま眠れそうな気がする。集中力が落ちて何をしているのか分からなくなりハッと我に返ることもある。

家に帰るとすぐにネットを繋ぐ。眠れる方法を片っ端から検索していく。

そうだ！　簡単な方法があった！　アルコールと一緒に飲めばいいんだ！　一大発見をしたときのような喜びを感じ、コンビニに向かう。

戻って早速ビールを飲み始める。美味しくはないが、身体はいくぶんリラックスする気がする。1本目のビールを飲み干し、ネットを見ながら2本目を開ける。そろそろいいかな？　などと思いながら、ビールで薬を流し込む。缶にはまだ半分くらい残っている。

ネットを落とし、ベッドに移動する。壁にもたれかかりながら、残りのビールをゆっくりと飲む。眠くなってきたようだ。久々の感覚。缶を持つ手にチカラが入らない。急いで飲み干し、横になる。

気がついたときは、朝だと思った。部屋が暗いのはカーテンのせいで、外はもう明るくなっている頃だろうと思う。枕元の時計を見る。午前3時。たった3時間しか眠れていない。なんだかひどく損した気分で、また横になる。目は覚めきっているが、そのまま目を瞑る。イライラとはしながらも、体勢を変えずじっとしている。ハッと我に返ると、いつのまにか朝になっていた。

寝ていたんだ！　確信を持てないまま、それでも寝ていた事実を喜ばしく思う。身体は重いが、アタマはスッキリしているような気がする。とりあえず1週間はこれで乗り切ろう。次に行った時、もっと強い薬を出してもらおう、と思った。

翌日から毎日、晩酌が日課となった。ただ、最初の時のような効果はあまり感じられなかった。薬をビールで流し込んでも眠くならない。眠れても途中で何度も目が覚める。ビールの量は日増しに増えていった。日中はだるくて栄養ドリンクが手放せなくなった。

1週間が過ぎた。診察室に入るとまず先にこちらから「薬が全然効きません。変更してください」とネットで知った中時間型の睡眠導入剤を注文した。医師は露骨に不機嫌そうな顔になり、眠れないというのはどう眠れないのですか？　寝つきが悪いのですか？　途中で目が覚めるのですか？　と冷静さを装った声で聞いてきた。

「何度も途中で目が覚めるのです。薬だけでは眠れず仕方なくお酒の力を借りてやっと寝付ける感じです」と答えた。

医師は明らかにイラついた口調になって、「薬にアルコールは厳禁です。薬を飲む際の注意書きにも書いてあったはずです。あなたのいう薬は出せません。精神安定剤を追加しますから、それと一緒に服用してください。アルコールは絶対に飲まないでください。効果が悪い方向に働きます。それを約束していただけないと薬は出せません」と一気にまくし立てた。

私は応戦して、「眠れないだけで気持ちは安定しています。もっと長く眠れる薬を出してください」とこちらも少し強い口調になって言う。

医師は今度は逆に落ち着き払ったような口調で、「安定剤は睡眠薬と一緒に服用すると睡眠の質を上げ、よく眠れるようになる相乗効果があります。途中で覚醒してしまうのは、日中の緊張感がとれていない可能性もあります。その意味でも薬を強くするより効果的だと思われます。薬単体の強さよりも、いろいろな薬と併用することで効果が高まることも多いのです。とりあえず、処方箋を出しますからそれで様子をみてください。アルコールはやめてくださいね」といって勝手にカルテを書きだし診察を打ち切った。

不完全な気持ちで診察室を後にし、薬をもらって帰る。なんだか言いくるめられたような気がして、安定剤なんかで眠れないよな！　と思いつつ、コンビニに寄ってビールを買おうかどうしようか迷った。とりあえずコンビニに寄り、ビールを手に取る。眠れなかった時に飲もう、と言い聞かせるように言い訳し、レジに向かった。

きょうは医者の言う通り、睡眠薬と安定剤だけで寝てみようと、もらった薄いピンクの錠剤といつもの薬を水で流し込む。眠くはないが、ベッドに横になり明かりを消す。眠くなる気配は全くなく、何度も寝返りを打ち体勢を変えてみる。

それでもしばらくは横になっていたが、いきなり起きだして電気をつけた。迷うことなく冷蔵庫に向かいビールを手にとる。立ったまま一気に飲み干し、そのままベッドに戻りまた横になる。

時間が過ぎていけばそれだけ眠れる時間も短くなる。早く寝なければ…。

しばらくすると尿意を覚える。せっかく横になっているのに面倒でなかなか起き上がる気になれない。眠いわけではないのだが、妙に面倒くさい。しばらくは我慢していたが、このままでは眠れないと覚悟を決めトイレに立つ。立ったついでにキッチンにむかい冷蔵庫に手をかける。飲んだらまたトイレかな？　と思いつつ、2本目を開ける。ベッドに入り時計に目をやる。2時半を過ぎている。

藪医者め！　と昼間の医師の不機嫌そうな顔を思い出し、安定剤なんかじゃ効かないからこういうことになるんだ、とビールを飲んだ言い訳をしつつ横になる。なんとなくウトウトとしているとまたもや尿意を覚えて目が覚める。いつもはそんなことなかったのに…、と不審に思い、気のせいのような気もしてそのまま体勢を変えてみる。眠れそうな気がするのに尿意が邪魔をする。せっかく眠れそうだったのに！　と今度は自分に腹を立ててトイレに立つ。そのままベッドに戻り、敢えて時計を見ずに目を瞑る。

もやもやとした気持ちのままじっとしている。意識が遠のき始めた時、目覚まし時計が容赦なく鳴り響き始める。無意識にスイッチをオフにし、そのまま眠り続けようとする。けれど一度覚醒した脳はふたたび眠りを迎え入れてはくれず、ただダラダラとベッドの中で横たわっている。

眠れないが身体がだるくて起き上がる気にもなれない。ただ時間だけが過ぎていく。このままでは仕事に遅刻する！　と焦る気持ちと、きょうはサボろうか？　という誘惑がアタマの中を交差する。

しばらくそんな状態を続け、電話だけでもしなければ…、と現実的になり、明らかに始業時間を過ぎた仕事場に連絡を入れる。

「体調が悪いので休みます」。初めて嘘をついて仕事をサボった。ただ、体調が悪いのはほんとうだった。電話を切ると、ベッドに戻り横になる。いったいどうしたんだろう…、やはりビールがいけなかった。トイレに2度も起きなければ眠れていたはずだ。いや、でも薬では全然眠くならなかったのだからしかたがない。あの医者が自分の言う通りの薬を出してくれていればこんなことにはならなかったはずだ…。

もやもやと考えながら、意識が遠のいていくのを覚える。ウトウトとしながらもどこかが覚醒している感じ。熟睡には程遠い睡眠。しばらくウトウトした後、身体のだるさに意識が集中し、目が覚める。

閉め切ったままのカーテンのおかげで薄暗いままの室内。時計を見なければ時間の感覚は全くない。不思議と空腹感もなく、横になったままの状態で、これからどうするべきかを考える。いったいいつから眠れなくなったのだろう?

不規則な仕事で朝方から眠りにつき、昼過ぎに起きることも多々あった。だが熟睡はできていた。徹夜も何度も経験しているが、終われば死んだように寝ていた。

こんなことをしていたら、仕事に支障が出る。身体だってもたない。これからどんどん忙しくなるのだから、なんとかしなければ…。そんなことを考えていたら、自然とウトウトとしていたらしい。時計を見ると午後を回っていた。

仕事は休みにしたし、やることもなく、なにかをしようとする気力もなく、ただネットに繋いで「不眠症」と検索してみる。膨大な数の情報が出てくる。気になったものから順に見ていく。アルコールの弊害も書かれている。きょうからはもうビールは飲まないと決め、読み進める。

規則正しい生活の重要性や運動の必要性など、決まり切ったことがこれでもかというほど書き込まれている。仕事が忙しいのだから規則正しい生活なんて無理だ。だるくて運動なんてできやしない。言い訳しつつ、自分に有利な情報を探しまくる。

結局は薬の問題にたどり着く。効く薬さえ飲めば熟睡して、元どおりになれる。次回はなんとしてでももっと強い薬を出してもらおう。そう決意する。

精神科医についての情報もチェックする。どうやら患者のほうから薬を指定したりするのは嫌われるらしい。専門用語を使うのもやめたほうがいいようだ。すぐに強い薬をもらうのも難しそうだ。医者は徐々に様子を見ながら薬を変えていくらしい。では、いったいどうやったらすぐに強い薬を出してもらえるのか…。

知識ばかりを増やしながら、眠る方法には行き当たらず、それでもネット中毒者のようにネットに齧《かじ》り付いている。あっというまに夜になった。何も食べてないことに気づきコンビニに行く。きょうはビールは買わないと決め、代わりに栄養ドリンクを買う。

早く布団に入るのがいいらしいということで、早々に風呂に入り、薬を飲んでベッドに入る。眠気は全くないが、横になっているのは身体がラクだ。そのまま薬が胃の中で溶け出していくのを待つ。かなり長いあいだ眠れない状態が続いたが、気がついたときには、ウトウトと眠っていたようだ。

時計をみる。4時。もう一眠りできる時間だ。だが、眠れない。それどころかどんどん目が冴えてきて、横になっていることが耐えられなくなる。熟睡感は全くない。重い身体を起こして、カーテンを開ける。まだ暗い。3月に入ったばかりだ。

これから春を迎えるというのに、気分は重い冬のままだ。なんてこった。

1週間後。予約時間の少し前に受付を済ませる。時間を少し過ぎて診察室に入っておとなしく座る。「いかがですか?」その言葉を待って、いかに1週間眠れずに苦しんだかを堰を切ったように話しだす。

「仕事が大変なんです。これでは仕事になりません。身体が鉛のようです。食欲も全くありません。薬を飲んでも眠くもならないし、ウトウトするだけで、早朝には目が覚めてしまいます。とにかくなんとかしてください!」

必死で強い薬を出させようと、話し続ける。医者はだまって聞いていたが、ひとしきりこちらが話し終わると「それはお困りですね。ではお薬を変えてみましょう。ちょっと強い薬ですから、ふらつきやめまいには十分注意してくださいね。それから、頓服《とんぷく》といって、どうしても眠れない時に飲むお薬も出しておきましょう。本当に眠れなくてどうにもならない時だけ、飲んでください。今までより強いお薬ですから、日中眠くなるかもしれませんが、我慢してください。昼間寝てしまうと、夜眠れなくなりますから。あと、できるだけ身体を動かしてください。散歩や軽いストレッチなどすると逆に身体のだるさもとれてきますからね」

なんだ、いい先生だったんじゃないか、などと思いながら医師の話を聞く。診察が終わり、薬を受け取る。ネットでもよく見る名前の薬だ。これなら眠れるだろう。本当はもっと強い薬が欲しかったが、まぁこれで大丈夫だろう。頓服まである。上出来だ！　夜が待ち遠しいぞ！　なんだか久しぶりに上機嫌になって家路につく。

食欲もないし、パンでも買って夕食にしよう。散歩がいいと言っていたし、ちょっと遠いけど美味しいパン屋にでも寄って帰ろう。いままで気がつかなかったが、外の世界は春を迎えているようで、空気が澄んで心地よい陽気だ。ジャケットを着込んでいたが、歩いていたら汗ばんできた。なんだか、いままで冬眠していたような気分だ。爽やかな風が汗ばんだ身体に心地いい。

夜12時。今から薬を飲んで寝る時間だ。いつもと違うパッケージ。頓服と水の入ったコップも枕元に用意する。完璧だ。薬を飲んで、横になる。期待感でワクワクする。何度も体勢を変えてみる。期待した眠気はなかなかやってこない。また体勢をかえる。

どのくらいたったのだろう？　時間がやけに気になる。時計を何度も確認する。20分、30分…、一向に眠気は訪れない。ネットでは30分から1時間はかかるとも書かれていた。焦りすぎだ。気を楽にしなければ。

だんだんと嫌な考えが浮かび始める。これで効かなかったらどうしよう。でもまだ頓服もある。大丈夫。でも全く眠気は起こらない。効かないいんじゃないのか？　頓服を飲んだほうがいいのでは？　まだ早いか？　考えがぐるぐると回り始める。

眠ることから頓服をいつ飲むかに考えが変わっている。2時になって眠れなかったら飲もう。そう決めて、また体勢を変えてみる。2時と決めたら今度は時間ばかりが気になりだした。何分たっただろう？　まだかな？　眠るという目的を忘れて、2時になるのを待ち焦がれるように時間を気にしだした。

何度も時計を確認しながら、2時を迎え、用意してあったコップで頓服を飲む。やっと気分も落ち着き、再び横になる。しばらくは何も変わらなかったが、次第に意識がボーッとし始め、いつのまにかウトウトと眠っていたようだ。

ハッと気がつき、寝過ごしたのでは？　と慌てて時計を見ると、まだ5時を少し過ぎたところ。3時間ほどしか寝ていない。それでも、いつもよりは寝たという気はした。それ以上は眠れぬままに、7時までベッドで身体を休め、朝の準備に取り掛かる。

不規則な仕事だから、職場はそれほど時間に厳しくはない。数人しかいないから、個人事務所のようなところで、タイムカードもない。一応、10時からとはなっているが、終わりの時間は深夜を回ることも多かったため、遅刻したってうるさく言われることもない。

街中の商店街の中にひっそり佇む小さな事務所は、昼間でも暇があれば商店街をウロウロすることもできるほど自由だった。服装もラフな格好で部屋着との区別もなかった。上司がいるわけでもなく、同年代とちょっと年下の若者がいるだけの友達感覚の関係。

仕事に対する不満は全くなかった。年が明けてから、バリバリだった仕事に対して、体力的な辛さを感じ始めたが、それは眠れないからであって、それ以上の問題は何もなかった。

病院に通い始めてから3ヶ月がたとうとしていた。季節はもうすぐ梅雨を迎える。病院に行くたびに処方が変わった。眠れない訴えにたいして、医師のほうも苦慮しているようだった。それでも、ネットで〝最強〟といわれるような薬は出してもらえなかった。ある程度の薬を量や組み合わせを変えては処方された。毎回、頓服ももらっていた。

まるで実験するかのように、毎週薬が変わるたびに淡い期待感を持って、ベッドに横になった。思ったような効果は一度もなかった。睡眠時間はほぼ2時間から4時間。それがもう半年近く続いていた。

6月に入り、仕事がメチャクチャ忙しくなってきていた。睡眠時間3時間でちょうど良いくらいだった。時には薬を飲まず、徹夜を繰り返すことも多くなっていた。病院は週に1回から隔週に変わった。処方もちょこちょことは変更になったが、大きく変わるようなことはなくなっていた。睡眠に対する執着もなくなり、ネットで調べることもなくなっていた。

ほとんどの時間を仕事のために費やしていた。他に使うエネルギーはどこにも残っていなかった。失いかけていたやる気は再び燃え上がり、異常なまでの執着心で仕事をこなした。考えるのは仕事のことだけになっていた。身体のことを考える余裕はなかった。

そんな生活がいったいどのくらい続いたのかは覚えていない。そんな嵐のような仕事生活がひと段落した頃、急激に気分に変調が起こってきていた。どんなふうに変わったのかは分からない。ただ、やる気は消え、喪失感だけが残った。

眠れないのは相変わらずだった。自分でもこのままではマズイと思うようになっていた。隔週で通っていた心療内科も仕事に忙殺され予約をすっぽかして以来、行かなくなっていた。

おかしなことになってきたぞ！

――著名な先生のところに転院

訳の分からない気分の変調に戸惑っていた。ただ事ではないな…、という予感が他人事のように感じられた。病院に行くべきだと思った。ただ、いままで通っていた病院ではダメだという気がした。

以前ネットで薬や睡眠について調べていた頃、よく言われていたのが医師との信頼関係が大切だ、ということだった。だが、私が見てもらっていた医師は薬を出すためだけにしか存在していなかった。信頼どころか、眠れない話以外の話をしたこともなかった。例え今の状態を話したとしても、親身になって聞いてくれるとは思えなかった。

また私のネット中毒が始まった。都内にある評判の良い心療内科を調べ始めた。そして、ある本を出している医師のいる病院があることを知った。さっそく本を買って読んでみる。もう内容は全く覚えていないが、その時の私はこの先生に見てもらいたい！　と思った。

さっそく初診の予約の電話を入れた。1ヶ月待ちだといわれたが、仕方がない。予約を入れて待つことにした。

初診の日、病院に行って驚いた。いままで行っていた病院は待っている人などほとんどいなかったが、そこは待合室が満員になるほどの人で溢れていた。

受付の人が3人もいて、それでもみんな忙しそうに何やら仕事をしていて、ちょっと待たされてから、初診用の問診票を渡された。待っているあいだに書いておくようにとのことだった。

待ち時間は長かった。予約の時間をとっくに過ぎても一向に名前を呼ばれない。診察室もいくつかあって、どこに呼ばれるかは分からない。本を読んで選んだ病院だったから、院長先生でないと意味がないと焦った。

どんな医師にあたるのだろうと戦々恐々としていた。いったい何を聞かれるのか？　眠れないことは説明できるが、それ以外の変調は説明がつかない。どう説明すればいいのだろう。緊張がどんどんと増していく。

どのくらい待っただろう。いろいろと考え込んでいたら、突然、名前が呼ばれた。「院長室」と書いてある部屋に通された。あの本を書いている先生に診てもらえるのか。よかった。安堵感が広がった。本の表紙に載っていた医師の顔がそこにあった。その先生は高圧的ではなかったが、しっかりとよく通る声で話す、存在感のある雰囲気だった。

問診票を見ていろいろと質問された。どう説明していいか診察前は戸惑っていたが、質問は簡潔で、思いつく言葉を並べて説明をした。これはあとで知ったことだったが、初診というのは特に長く時間をとってもらえるものだ。私も長い時間、あらゆる質問に答えていった。何を話したかは覚えていないが、最後のほうで「どうしてそんなになるまでほっておいたの?」と言われた。

初診では「非定型精神病」とのことだった。聞いたこともないその仰々しい名前に躊躇しながらも、自分の状態に病名がついたことで安心した部分もあった。以前の自分とは全く変わってしまったようで戸惑っていた。眠れない辛さは半端ではなかったが、それには慣れきっていた。

ただ、私は自分が精神病だということに正直、驚いた。この気分の変調に精神病などという病名がつくことは考えていなかった。それでも、いままでの気分の変調や眠れなかったことが、病気という一言で片付いたことに対してはスッキリした。

先生の話は思い当たることばかりだった。そうか、私は病気なのか。そう思うと少し気がラクになった。

薬の話になった。知らない薬がいろいろと処方された。いままで通っていた医者とは違い、これから処方される薬を一つひとつ丁寧に効果や作用、副作用まで説明してくれた。そして睡眠薬。私はいままで飲んでいた薬を問診票に書いておいたので、それをチェックして、「これで全く効かないのですか?」と聞かれた。「2~4時間しか眠れません。熟睡した気もしません」と言うと、ちょっと考え込んでいた。

そして、3種類の薬を処方すると説明してくれた。短時間型睡眠薬、だいたい6時間ほどの効果のある薬だそうだ。そして中時間型睡眠薬を2種類。日中にも持続作用が続くほどで、眠れない人には効果的な薬だが、起きてからもボーッとしたり、寝起きが悪かったりすることもあるそうだ。まずはこれで試してみましょうということになった。

この病院は院外処方だった。院外処方とは、病院で薬を処方されるのではなく、薬局に処方箋を渡して薬をもらう。受診を終えても待合室は人でいっぱいだった。処方箋をもらうまでの間も、かなりの時間待たされた。まだかまだかと思って時計ばかりを気にしていたら、やっと名前を呼ばれた。

早速、薬局へと向かった。もう夕暮れ時だったが、まだ日中の日差しの暑さを残していて、蒸し暑かった。薬局はクーラーが効きすぎるほどきいていて、ここちよかった。もうそうとうな高齢とみられる老薬剤師が白衣を着て出てきた。処方箋を受け取り、奥に薬を取りに行った。

だいぶ待ってから、再び戻ってきて薬を一つひとつ名前と錠数、薬の効果や副作用などを丁寧に説明してくれた。病院でも説明を受けていたが悪い気はしなかった。本当にこんなに効果があるなら、すぐにでも元の状態に戻れるんじゃないかと思った。私はその時、「元どおりになる」という幻想の夢や希望を持っていた。

自宅に帰って、私は「非定型精神病」について検索した。こんな重篤な状態ではないとは思いつつも、納得できる部分もかなりあった。そして、薬物療法により、予後は良いと書かれていた。私はこれで薬を飲み続ければすぐにでも治っていくものと勘違いした。そこからが悪夢のような長い長い病気との戦いになるとは思ってもいなかった。

それから定期的な通院が始まった。

いつのことか定かではないが、病名が「鬱病」へと変更になった。私の病状が変わったのか、先生の見立ての誤りなのかは分からなかった。私は正直、驚いた。鬱病とは遠い存在に思われた。確かに以前のようなやる気はなかったし、常に身体が怠《だる》くて重たかった。熟睡できることは皆無だった。

だが、鬱病とは何もやる気が起きず、自殺したくなる病気…、くらいの知識しかなかった。私は死にたくなったことなど一度もない。確かに気力は落ちていたが、まったくやる気を失ったわけでもなかった。仕事も続けていた。

だが先生は、かなり重症だという。いろいろと精神の構造について説明してくれた。私はなるほどなあ、と感心して聞き入っていた。

まず抗鬱薬が処方された。鬱病は一気に治る病気ではないので、根気よく治療していかなければならないという。抗鬱薬もいろいろとあって、人によって合う薬が違うから、薬を飲んで効かないからもうダメだと思わないようにと言われた。まずはＳＳＲＩ（選択的セロトニン再取り込み阻害薬）という種類のお薬を使ってみましょうということになった。

鬱病だから抗鬱薬だけでいいのかと思ったら、精神安定剤も処方された。これも心の病気には必要なのだという。安定剤は飲んですぐに効果があるので、毎食後のお薬とは別に頓服薬としても処方しておきますとのことだった。不安感に襲われた時や、緊張が高ぶった時などに飲むといいとのことだ。睡眠薬は相変わらず、いろいろなものを試して量を増やしたり、組み合わせを変えたりして工夫してくれた。

私はこの病院にきてよかったと思ったが、自分が鬱病であることはある意味ショックだった。自分は強い人間だと信じていたし、自分のことが大好きだったから、鬱病になどかかるはずがないと思っていた。鬱病とは心の弱い人間がなる病気だという偏見があったのだ。

こんな自覚症状は鬱病かも知れません

○ほぼ毎日、眠れない。
○ほぼ毎日、寝過ぎてる。
○1日ずっと気分が落ち込んだまま。
○1日ずっとイライラしている。
○話し方や動作が鈍くなっている。
○食欲が低下して体重の減少が激しい。
○食欲が増進して体重の増加が激しい。
○何に対しても興味がわかない。
○考えがまとまらず決断が出来ない。
○自分は価値のない人間だと思ってしまう。
●死ぬことを考えたり計画を立てる。
●自傷行為に走る。

【神経伝達物質と関連する症状】

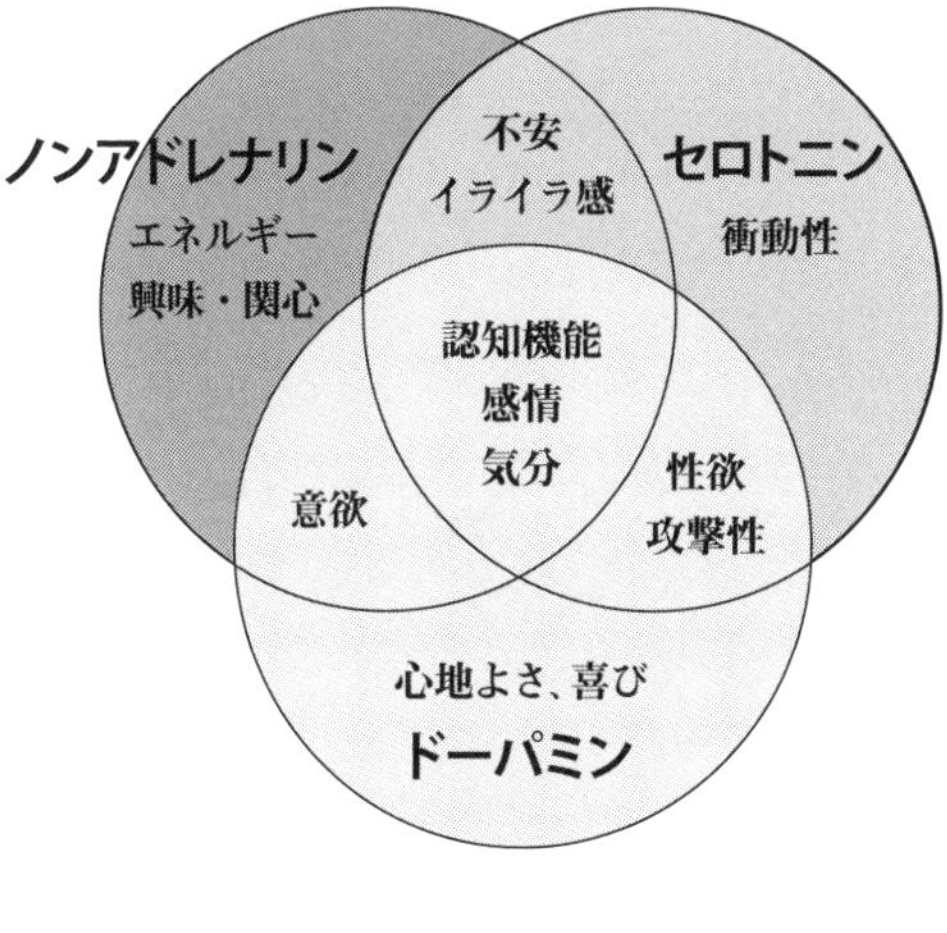

本も出してる院長先生

――万年筆でカルテ書く

薬は、まだ何の効果も発揮していなかった。それどころか、期待していた睡眠は相変わらずウトウト状態が続き、日中は朦朧としている状態だった。

その後の状態を聞かれた私は、全く効果を実感できないことを訴えた。先生は慣れた手つきで高級そうな万年筆でカルテに何やら記入していく。以前かかっていた病院ではパソコンでカルテを入力していたので、なんだか熱意が感じられるような気になった。ただ、効果は何もない。以前と同じようにやる気がなかなか湧いてこず、眠れない日も続いている。薬のせいか日中にボッーとしていることも増えた気がする。

先生は話を聞きながらカルテに記入し、質問を投げかけてはまたその答えをカルテに記入していく。ふと手を止めて、考える素振りをみせ、また何かを記入し、質問する。そんなやりとりを続け、薬の変更をしましょうという話になる。

抗鬱剤は人によって合う合わないがあるので、気長に合うものを探していくしかない。眠剤《みんざい》（睡眠薬）に関しては数を増やして対処、寝付けないときのための頓服《とんぷく》も出すということになった。

初診と違い診察時間は短い。ほとんど薬の話で終わってしまう。薬物療法で鬱を治すという方向性は決まっていた。あとは自分に合う薬をできるだけ早く見つけることだけだ。

睡眠に関しては、今より改善できるならなんでもいい。とにかくちゃんと眠りたい！という思いしかなかった。

診察はあっというまに終わった。抗鬱剤を変えたということは、また2週間、効き始めるまでに時間がかかるということだ。せめて眠剤だけでも効いてくれれば、やる気も元気も出てくるように思われた。頼るものは薬しかないのか？　病気だというのならそういうことになる。自然治癒はないのか？　待合室で処方箋を待つ間、ずっとそんなことばかり考えている。聞いてみればよかったと思っても、次の予約までの2週間は耐えなければならない。

長い待ち時間のあと名前が呼ばれた。処方箋を受け取って外に出る。相変わらず暑さは和らぐ気配はない。暑さで体力はますます消耗していくような気がする。薬局に入り効きすぎたクーラーで一息つきながら処方箋を手渡す。愛想のいい老人は奥に薬の調合に行く。待ち時間が長引くにつれ、クーラーの心地よさが、肌寒さに変わってゆく。

ひとしきり待ち、老薬剤師が戻って来た。処方箋を見ながら「薬が効かないようですね」などと言いつつ、副作用について聞いてくる。日中ボーッとするというと、「眠剤がかなりきついですからね」と事もなげに言う。そして、「増量になった分、ますます副作用がきつくなると思いますから、効きすぎだと思ったら遠慮なく先生に相談してくださいね」とアドバイスしてくれた。あんなにいつも混み合っている病院の院長先生にアドバイスなんて求められるかと訝りながらも、悪意のない親切な老人に感謝して店を出る。

別の患者とすれ違う。ここも繁盛しているんだな…、あの老薬剤師がいなくなったらどうするのだろう？　どう見てもこの古臭い個人経営の薬局は、あの病院があるからこそ成り立っている。あの老人がいなくなったら、患者たちはどこに薬をもらいにいくのだろう？

女医に怒られた

――それは歳のせいでしょ！

私の診察は院長先生が担当してくれていたが、ある時、院長が不在で急遽、別の医師に診てもらうことになった。先生も忙しいだろうからしかたがないな…、などと思いつつ、いつも通り長い待ち時間を過ごしていた。

名前を呼ばれ、初めて別の診察室に入った。院長室には大きくて立派な机がどんと構えられており、背後には専門書と思われる本がずらりと並んでいたが、この診察室は簡素な机と椅子があるのみの閑散とした部屋だった。カルテも手書きではなく、コンピュータに入力するようだ。

椅子に座って待ち構えていたのは、30代前半と思わしき女医だった。私が入ると不機嫌そうな無表情な顔で、こちらをチラッと識別しただけで、おもむろに調子はどうかと聞いてきた。名前を名乗ることもなく、こちらの名前を確認するでもなく、カルテを見ながら答えを待っている。わたしはいつものように、薬が全然効かないことを訴え、何に対してもやる気がおきない、以前はやる気満々だったのに…、と答えた。

するとと女医はいきなり、「それは歳のせいでしょ？　もう若くはないんだから」と言い放った。絶句した。

仮にも私は鬱病と診断されてこの病院に通ってきている。薬が効かないのも、やる気がおきないのも、全て歳のせい？？？　いきなりの言葉にショックを受け、気分が悪くなってきた。

女医はこちらの顔を見ようともせずカルテだけを見て、矢継ぎ早に質問してくる。他にどんな症状があるか、いま困っていることは何か、眠れているか…。

病気になってからの私は思考速度も落ちていて、ゆっくり噛み砕いて考えないとなかなか答えが出なくなっていた。続けざまに質問されると、何を聞かれているのか分からなくなってくる。口ごもりつつも、相変わらず調子が悪いこと、仕事がうまくいかないこと、眠れないことなどをたどたどしく答えていく。

女医はああそうですか、と他人事のように聞きながら、「たいして前回と変わったところもないようですね。お薬はいままで通りだしておきます」と言って診察を打ち切った。

精神科医だって人の子だ。機嫌の悪いこともあれば、患者との相性が悪い場合もあるだろう。ただ、少なからず精神に病を持っている人間に対する最低限の配慮というものは必要なはずだ。中には医師からの心無い一言で死にまで追いつめられることだってあるのだ。精神科医という職業を選んだ以上、どんな患者に対しても思いやる気持ちがなくては治療など進まないと思う。

精神の病は長期に及ぶ場合が多い。医師との心の疎通も大切な要素だ。私はただ一度だけ嫌な思いをしただけで済んだが、それでもあの時の後味の悪さは今でも鮮明に覚えている。歳のせいでやる気がなくなっていると思うなら、それなりの対処の方法を患者に提示するべきだろう。どうせ変わらないから、前回と同じ薬でいいということにはならないはずだ。

精神科にかかることは、人にもよると思うが勇気がいるという人が多い。やっと行った先で、心ない対応をされたり、話をよく聞いてもらえなかったりした場合は、潔く別の病院に転院することも考慮したほうがいいと思う。相性の合わない医師と何年付き合っても、病気はよくならない。薬だけでよくなる病気ではないのだ。診察時の対応が、その後の療養生活にも大きく左右する大切な治療そのものなのだ。

精神科クリニック（心療内科）

精神科医が１人～数人で開業している外来のみの診療所が多い。精神科とうたわず心療内科としている所もある。本来、心療内科は心身症つまり心の問題が強く影響している体の病気の診療科だが、実際には「心の病気専門」という場合も少なくない。

総合病院の精神科

精神科以外の診療科も揃っている病院。患者にとっては心身を総合的に診てもらえる利便性がある。ただ、入院はできないところも多く、症状が深刻な場合に対応しきれない一面もある。

精神科病院

入院が可能な精神科専門の病院。開放病棟や閉鎖病棟があり、長期入院の患者や短期で入退院をする患者も多くいて、社会復帰のためのシステムが用意されているところも増えている。

スッゲー、おくすり大増量
——おくすり110番さんのお世話になって

夏から秋を経て冬になっても、私の病気は一向によくならなかった。それどころか、ますます悪化の一途を辿っていた。薬はもう試せるものならなんでも試そうという感じで、変更したり、増量したり、組み合わせを変えたりと、ありとあらゆる方法を試した。

薬の量は増え続け、眠剤に至っては、一般に出回っているなかでは最強と言われるピンクの薬を3錠と、それ以外に数種類を組み合わせて飲んでいた。当然、昼間も夜もボーッとしていて、まるで1日の区別がつかなかった。

病院から帰ると、薬のリストを見て、ネットを繋いで「おくすり110番」でチェックした。抗鬱剤も安定剤もほとんど飲んだことのない薬はなかった。精神病薬も何種類も飲んでいた。眠剤もほとんど試しつくしていた。あとは量を増やしていくしかない。最後の手段として、昔、〝睡眠薬自殺〟のために使われていたという薬が処方されるようになった。今では危険なのでよっぽどでないと処方されないらしい。これは錠剤ではなく粉末だ。ただそれも単体では効かないので、それと他の睡眠薬を何錠も組み合わせて飲む。

それらを飲んでも全く眠れないわけではないが、寝たという感じはしない。ただウトウトとして気がついたら寝ていた…、という感じが続くだけだ。しかも何度も夜中に中途覚醒する。目が覚めてはまたウトウトし、目が覚めてはまたウトウトし、その繰り返し。日中歩いていても、まっすぐに歩けない。どちらか一方に引き寄せられてしまい、また真ん中に戻り、またフラフラと一方に寄り…。

仕事は何をしていたのか全く記憶にない。仕事場には通っていたが、いったいどうやって過ごしていたのか…。食欲もないので栄養補助食品のゼリーをチューチューと吸いながらネットに向かい、片手に盛るほどの薬を飲んで食事終了。食事の量より薬の量のほうが多い感じだ。

そんな生活をしながらも、律儀に隔週で病院に通って毎回、状況を報告する。報告するといっても、ほとんど同じ内容の繰り返し。

眠れない。やる気が起きない。ツライ。どうしていいのか分からない。その度に安定剤が増えたり、眠剤の配合が変わったりしていく。院長先生はあいかわらず高級そうな万年筆で薬の名前や私の状況をカルテに書き込んでいく。

もうほとんど持久戦に入っていた。ネットで散々調べていたし、本も読み漁っていたから、そうそうすぐに治らないのは覚悟していた。ただ、体験記などはどれもいつでもハッピーエンド。私もいつかは元どおりの状態に戻れるものだと信じていた。

なんだかその頃は毎回、写真でしか見たことのなかった薬が処方されたりするのがちょっぴり嬉しかったりもした。今は通常では手に入らない覚醒作用のあるハッピードラッグと呼ばれる薬も処方されていた。それを手に入れられるのはかなり難しいことらしく、ネットでもみんなが話題にしているものだった。

それは通常のシートに10錠1パックで収まっている状態ではなく、薬局で老薬剤師さんが、瓶に入れて渡してくれた。初めて処方された時は、これがあの噂のくすりか！　っと、

鬱でよく処方される安定剤

安定剤にはメジャートランキライザー（抗精神病薬）とマイナートランキライザー（抗不安薬）があり、症状により使い分けられる。これらは脳に直接作用して、不安を和らげたり、気分を落ち着かせる。鬱病や統合失調症など様々な精神疾患に使用される。鬱病の場合「抗鬱薬」と併用されることが多い。

■抗不安薬
リーゼ
レスミット
セレナール
グランダキシン
コレミナール
コントール
バランス
ソラナックス
コンスタン
セルシン
ホリゾン
エリスパン
セダプランコーワ
メレックス
メンドン
デパス
レキソタン
ワイパックス
セパゾン
メイラックス
レスタス
セディール

■抗精神病薬
コントミン
ウインタミン
ベゲタミンA、B
ヒルナミン
レボトミン
セレネース
リスパダール
セロクエル
ルーラン
ジプレキサ
エビリファイ
PZC（ピーゼットシー）
ドグマチール
ロナセン

■気分安定薬
リーマス
デパケン

『早引き心の薬事典』（ナツメ社）を参考

主な抗鬱薬

抗鬱薬は鬱病などの気分障害に使用される。その化学構造や作用機序によって、日本では三環系、四環系、ＳＳＲＩ、ＳＮＲＩ、ＮａＳＳＡの５グループに分類される。

鬱病はその人の性格傾向の問題だけではなく、脳の神経伝達物質（セロトニンやドーパミン、ノンアドレナリンなど）の働きに問題がある考えられているため、脳内伝達物質の働きを正常なバランスにする目的で処方される。

■三環系
アモキサン
ノリトレン
トリプタノール
スルモンチール
イミドール
トフラニール
プロチアデン
アンプリット

■四環系
ルジオミール
テシプール
テトラミド

■SSRI
デプロメール
ルボックス
パキシル
ジェイゾロフト
レクサプロ

■SNRI
トレドミン
サインバルタ

■NaSSA
リフレックス
レメロン

『うつ病のベストアンサー』（主婦と生活社）を参考

かなり興奮したものだが、飲んでみたらただの〝ラムネ〟だった。ラムネというのは全く薬の効果を発揮しない、おやつにもならない代物の隠語で使われる言葉だ。

沈んだ気持ちがハッピーになると期待していたのがなんにも変化がないのだ。ほんとうはやってはいけないのだが、ちょっと多めに飲んでみたりもした。けれど、どこまでいってもラムネはラムネ。なんの効力も感じない。大げさに瓶に入った白い錠剤をみて、私に効く薬なんてあるのかなぁーなんて考えていた。

ただ、それでもまだ諦めてはいなかった。先生がなんとかしてくれるだろう。他力本願で根拠もなくそう信じていた。医者に対して過剰な信頼感というものを持っていたのだろう。

病気のことは誰にも言わなかった。さすがに一緒に仕事をしている仲間は、毎食後に多量に薬を飲み、隔週で病院通いをしているのだから分かってはいただろうが、そのことについて話したことはなかった。「眠れない」は口癖になってはいたが…。

そのころはもうすでにおくすり110番で鬱に関する薬の知識は身につけてしまっていたので、2ちゃんねるを見て薬の情報などを仕入れていた。中には何軒もの病院をはしごして薬を集めるような人物もいたりするらしいが、そんなにしなくても十分もらえるのに…、などと悦に入っていた。

何度か多めに薬を飲んでみたことはあったが、それも過剰摂取というようなものではなく、1錠のものを3～4錠飲んでみる程度のもので、そんなことしてみたところで効果は現れないので、何度も繰り返すということもなく、基本的に処方箋を忠実に守って薬を飲んでいた。

中には薬の飲み過ぎを心配して、飲んだフリして捨てているという人もいるようだが、そういったことも考えたことがなかった。ほんとうにロボットのように言われるがまま出された薬をキチン、キチンと飲んでいた。

見放された〜！

――薬では治療は不可能です宣言

私が通っていた病院は先生が本を出していたりしたこともあり、ネット上でもいろいろと書き込まれていることが多かった。いい情報もあれば、ケチョンケチョンにこき下ろしているものもあった。ただ私としては病院にも先生にも不満はなかったので、そのまま通い続けるのだろうと思っていた。それに対してなんの疑問も持っていなかった。

ところが、初診からどのくらいたってのことだっただろう？　1年以上は通っていたように思うが、ある日の診察で、いつも通り席に着くと、おもむろに、「このまま薬物治療を続けても治る見込みは低いです。電気ショック療法にしてみませんか？　紹介状を書きます」と言われた。その時、私には電気ショック療法の知識が皆無だった。昔、拷問として使われていたという知識以外は。正直、言っている意味が分からず、ただ「私は見捨てられるんだ！」という事実だけが伝わってきた。悲劇的なショックというわけでもなく、淡々と説明を聞く。

先生は今の電気ショック療法は「ＥＣＴ療法」といい、麻酔を使って行う非常に安全なもので、効果も抜群だというような説明をし始めた。総合病院の精神科で電気ショック療法の治験件数も多く、信頼できる病院があるから、そこに紹介状を書くから、転院してみてはどうかと。

自分の主治医から転院を勧められているのに、先生じゃなきゃいやですとも言えず、またそんな気も起きず、なんだか淡々と話は進んでいった。あまりにいきなりのことで、今まで盛るように薬を出してきていて、いまさらそれでは治らないと言われたら、何も考えられなくなる。

答えの有無など言わさぬ絶妙の話の展開だ。ちょっと考えさせてくれとか、電気ショックなんてイヤだとか、そういったことを考える隙も全く与えてくれなかった。話は紹介状を書くことの流れになり、そのまま転院手続きの話に進んでいく。私はただの木偶《でく》の坊と化し、次回までに紹介状を用意しておくので取りに来るように言われ、今まで通りの盛るほどの薬の処方箋を渡されて、診察を打ち切られた。

いったい私は今まで何千錠の薬を飲み続けてきただろう。何十回、病院に通っただろう。そんなに効く「電気ショック」という方法があるのなら、最初から教えてくれればよかったのに…。きょうもまた山ほど薬を抱えているけれど、飲んでも効かないのなら、どうして処方したのだろう？（確かに薬は突然やめると病状が悪化することくらいの知識はあったが）本当に私は鬱病なのか？　こんなに抗鬱剤を試して全く効かないなんて、別の病気じゃないのか？　仕事にだって通っているのにそれほど重症だっていうのか？　薬物療法で治ると宣言しておいて、薬物療法ではもう無理ですって、どういうこと？

込み上げてくるのは疑問ばかりで、怒りの感情は思ったほどには湧いてこない。見放されたんだ！　という思いが強く、この先のことがまったく考えられない。暗い夜道を歩きながら、もうこの道を通ることもないのかなどと考えたりもする。信じていたものから見放されたことに対するショックというよりも、今までなんだったのかとの思いが強く、無駄な時間を過ごしてしまったような敗北感に包まれた。

第2章　生活保護

通っていた心療内科に見放されて、大きな総合病院の精神科に行くことにはなったが、その前後の記憶が全くない。

ただ、働いていた仕事は続けられなくなり辞めざるを得なくなっていた。そのころの話を聞くと、催眠療法に通ってますますひどくなっただの、職場の床に大の字になって寝ていただの、メチャクチャだったらしい。自主退職だったが、すでに働けるような状態ではなかったようだ。

ただ不思議なのが、そんな状態でも生活保護申請を自分ひとりで全て手続きしたらしいということだ。これに関しても、自分ではあまり記憶にない。役所に行って手続きして、家庭訪問を受けて…。

気づいたときには失業者から生活保護者になっていたという事実だ。

でも、働いていて鬱病になった場合どうするかは非常に重要なことである。会社員であれば社会保険制度を使う方法もある。ただ、職場が原因で鬱になった場合は退職したほうがいい場合もある。私は独り身の自由気ままな生活者だったから、すんなり生活保護に移行できたが、家族がいればそういうわけにもいかない。

失業保険の出ている間に完治すればいいが、鬱病は短ければ半年で治る場合もあるが、こじらせると十年以上かかる場合もある。そうなった場合、資産がなければ生活保護という選択肢を逃れられない人々も少なからず出てくる。

生活保護に関しては年々、批判も強まり、条件も待遇も悪化の一途をたどっているが、申請手続きにこぎつけるまでが、また一苦労ある。病気で職がなく、蓄えが尽きても、それだけで簡単にもらえるようになるわけではない。病人をさらに悪化させると思ってしまいそうなシステムが綿密に組まれていたりする。生活保護を受けるのはそう簡単なことではないのだ。

こんなになる前に相談を！

――会社員してるなら相談すべし

まず会社勤めをしている場合、産業医がいるような大企業で働いている場合は、躊躇なく相談を！　配置換えや休職、失業などでも相談に乗ってもらえる心強い味方。隠して病気を悪化させて退職に追い込まれたら、悲惨な結果が待っている。産業医がいなくても相談できる部署や上司がいる場合は、とにかくお世話になろう！　無理してバカを見るのは自分だ。

また、仕事以外の理由で鬱になった場合も、休むときは徹底して休んだほうがいい。まず3日休んで、その後また4日以上休みが続けば傷病手当金がでる。無理して1日休んでまた行って、また2日休んで…、なんてしていると悪化するばかり。病気なんだから休んでたっぷり休養を取りましょう！

あと失業保険をもらうために大切なことだが、離職日以前の2年間に賃金の支払いの基礎となった日が11日間以上ある月が通算して1年以上あることが条件になってくる。

毎月、長期休みを繰り返し、1年以上頑張って職場にいても失業保険がもらえない可能性がある！　病気になったら職場に、もし無理なら主治医に相談して、くれぐれも今まで払ってきた保険を台無しにしないよう。もし長期間かかりそうなら、無理せず休職を。それが無理な場合は、見切りをつける勇気も必要かも。すっきりさせて新しい環境で療養生活を送り、すっきり違う職場で働くことのほうがいい時もありそうだ！

鬱病になる人でも状況はそれぞれ違うし、病気になった原因だってみんな違う。それぞれ賢く生きていかないと、潰されちゃいます。病気にも社会にも。

生活保護のススメ

——無理なものは無理！　諦めも肝心

鬱は〝心の風邪〟といわれるように、早期発見、早期治療で半年ほどで完治する人もいる。ただ、風邪をこじらせたまま治らない…、なんて人も実に多い。それでも、だましだまし仕事を続けつつ治療できていればいいけれど、働けないほど悪化してしまったら…、元も子もない。

蓄えだって底を突く。毎日生きていくためにはお金が必要。障害者年金だけではやっていけない。親は年老いている。兄弟は家庭を持って育児で大変だ…、それ以外にだってそれぞれ事情がいろいろある。頼れるところがあればいいが、もう自分以外に頼るものがなくなった時…、そのために生活保護制度がある。

世間の目の敵にされているけれど、一生食わしてもらおうなんて思ってない。病気が治って、働けるようになるまでのあいだお願いします、ということなのだ。そりゃ、税金で食べさせてもらうのだから、税金をたくさん払っている人から見ればいい気なもんだ！　だろう。

けれど、普通の生活保護者はほんとうに肩身の狭い思いで生きている。誰にも言えず、そっと日陰で暮らしているのだ、大多数は。当然のことだが制約の多い生活の中で、なんとか自立して生きていきたいと思っているのが、まっとうな生活保護者だ。

病気で入退院を繰り返していたりすれば就職なんてできない。鬱病に限っていえば日々波があるのが普通のことだ。ちょっと良くなったからと働きに行ったら、ぶり返してすぐに退職。経歴に傷がつくだけで病気は一向に治りはしない。それならもう諦めて、治るまで生活保護のお世話になろうじゃないか！　治って働けるようになったら、バリバリ働いてお返しすればいい。

どうしてもくよくよ考え込んでしまうけれど、生きているだけで十分なんだ。悪いことしか思いつかないけれど、それが病気なんだから、生きていればいつかきっと病気が治って、いいことだって起こる。そのときに助けられる人を助ければいいじゃないか。病気になったことで初めて分かったことがいっぱいある。人がしない経験をいっぱいしてきた。それを活かす時だっていつか来るはず。どうか勇気を持って生活保護に頼りましょう。

ただ、健常者ならともかく、病人である鬱病患者が自分で行う申請までの手続きは、地獄を這っていくようなものだ。普通の言葉にさえ病的に怯え、悪意を感じ取ってしまうような状態で、自分には生活保護を受けるだけの資格があるということを証明しなければならないのだ。しかも自分だけの問題ではない。家族を巻き込む重大なことだ。

だいたい鬱病患者というものは物事に対して集中力を欠き、言っている意味が把握できないことが多い。日常生活ですら困るくらいなのだから、お役所での対応をうまくこなせというほうが難しかったりする。当然、義務だから仕方はないが、何かしらの配慮や措置が取られないと受給できず、最悪の事態を招くことだって容易に想像できる。

鬱病と診断された時点で、自分の弱さを思い知らされて絶望しているのが鬱病患者だ。弱さをなんとかしたいと思いつつ、どうにもならずにもがいている。職も失い、食べることにすら困る状況にあり、ほとんどの患者は眠れない夜を過ごしている。

薬なしでは生きていけない…。身体の病気ならそれを理解されても、心の病気で薬なしでは生きていけないことはなかなか理解されない。人に会うことさえ恐怖を感じる。会話はなかなか成り立たない。そんな状況で役所で自ら淡々と手続きを行わなければならない。質問の意味を理解し、正確に返答を返すという当たり前のことがうまくできない。

家に籠りっぱなしの患者も多い。病院の予約ですら約束を守れない患者が多いのが現実なのだ。自力で役所に出向いて、自分から声をかけ、要件を述べ、返答を繰り返さなければならない保護手続きは、生きるか死ぬかの戦いなのだ。

死への願望の強い鬱病患者の中には、冷たくあしらわれたショックから立ち直れず、生きる意味を失ってしまう者だっているに違いない。健常者ですら屈辱的な経験をさせられる生活保護申請受理までの流れを最後までやってのけるのは、生きる最後のエネルギーを全て使い果たすほどの労力が必要なのだ。

まず申請したい由を伝えても、すぐに申請手続きには進めない。うまく進めても、次々と嫌な思いが立ちはだかる。それは有無を言わさぬもので、いやなら受理しないということになる。まず生活保護を受けようと思ったら、プライバシーなど捨てるしかない。

朦朧としたまま手続き終了

――生活保護受理

生活保護を受けようと思ったら、どうすればいいのか？　まず大抵の人は分からない。とりあえず、役所に相談に行くしかない。ネットなどであらかじめ調べていても分かるのは福祉課で申請手続きをしなければならないというくらいのもの。とりあえず、役所に向かう。

役所の案内係の方に「どちらにご用件ですか？」などと聞かれ、まずはそこから試練が始まる。若い案内嬢に「生活保護を受けたいんですけど…」とは、なかなか言いにくいものだ。けれどそのくらいは我慢しなければならない。福祉課への行き方を親切に笑顔で教えてくれる。

全国の地域によって、同じ役所といってもいろいろあると思うけれど、私の行った役所の福祉課は広い空間に健康福祉課、生活福祉課など分かれているようであった。だが、くわしい案内が出ているとは限らない。仕方なくまずは誰かを捕まえて、自分がどこに行くべきかを聞いてみなければならない。

仕事中のパソコンに向かって作業している人に対して最初は小声で「あの…」と声をかけるが、誰も気づいてくれない。再度大きめな声で声をかける。何度目かで気づいて作業の手を止めてこっちに向かってきてくれる人がいる。そこで生活保護を受けたいのですが…、と伝えると、それは「生活福祉課ですね。その道をまっすぐ行って突き当たりになります。そこで聞いてみてください」となる。

だいたい生活福祉課というのはどこも役所のかたすみにあるようだ。そこでも特に窓口があるわけではない。また作業中の人に声をかけて同じことを繰り返す。「申請書をお持ちですか?」「いいえ。初めてなもので」というやりとりで、「ではそちらに座ってお待ちください」といわれ待たされる。事務的な椅子と机が薄い仕切りを挟んで何台もならんでいる。そのひとつに通される。

となりでは大きな声でやりとりしている男性の荒っぽい声が筒抜けで聞こえてくる。居心地の悪い思いをしながらも、担当者が来るのを待つ。

年配の体格のいい男性がいきなりどかっと目の前に座る。突然名前を名乗り、私が申請担当の者ですが「どういったことでしょうか?」「じつは生活保護を受けさせてもらいたいのですが…」と小声で話そうとするが、となりの男性の声が大きくて、こちらのひそひそ声では相手に伝わらない。

「お仕事はされていないのですか?」「どういった理由ですか?」「貯金はないのですか?」「親には頼れないのですか?」「他に頼る人はいないのですか?」

こちらはなんのアテもないから来ているというのに、矢継ぎ早に聞いてくる。そのときの私は近々、入院が決まっていて、もうどうすることもできない状況だった。全ての状況を担当者に話すと、申請にはいろいろと書類が必要なこと、全てが揃っていないと申請できないことを告げられる。暗澹《あんたん》たる気持ちと、急がなければ入院の日が迫っているという思いで、何が必要かを聞いていく。収入申告書、資産申告書、資産調査の同意書、家賃・間代・地代証明書、同意書が必要だと分かった。（これは決まりなく、各自治体によって

違う）

私の場合は入院日が決まっていることもあり、２度目の訪問で案外すんなりと、保護申請書の書類の作成に応じてもらえた。ただ、２親等以内の親族には照会の連絡がいくことが告げられたときは正直、参った。年老いた母には入院のことは話してあったが、それほど大したことではない、すぐ退院して働くからと言ってあったし、きょうだいには自分が鬱病であることすら話していなかった。それが、いきなり私の生活の援助はできないかとの照会がいってしまうというのだ。

でも、これをクリアしないかぎり、生活保護は受けられない。私は切羽詰まっていたので、すべて了解した。ただ、それで終わりではない。家庭訪問が待っている。

私はずっと一人暮らしでやってきていたが、病気を理由に職を辞した際、マンションより安いアパートに引っ越していた。そこならなんとかやっていけるだろうと決めたところだ。ただ思いがけずに職を辞してから休養を取って入院し、すぐに再就職を考えていたのが、引越資金や入院準備やらで、思わぬお金がかかり、貯めていた貯金も無くなる寸前となっていた。

毎日、一日中寝て暮らし、家事は全くできない状態。部屋は悲惨な状態だった。そこに家庭訪問があるというのだ。入院の日程も決まっていたため、かなり急な話だった。私は慌てて部屋を片付け、布団を押入れに押し込み、整然とした部屋を装った。家庭訪問の意味を知らなかったから…。

家庭訪問の予定時間ぴったりにチャイムが鳴った。その人物は「これからあなたのケースワーカーになる」といい、名前と連絡先を書いた紙を渡してくれた。部屋に招き入れ、お茶の用意をしていると、「仕事ですからお茶はいただけませんので…」とやんわり断られる。部屋に入るなり部屋中を見回す。ただ残念ながら私の私物は古本と仕事用のコンピュータくらいで、これといった家具もない。金目のモノなど皆無だ。

ちゃぶ台を組み立てて、クッションを座布団代わりに渡し、座ってもらう。役所に行った時に、現在の家賃なども報告してあったためか、ケースワーカーはこれといって金目のモノもないことを確認すると、のちほど保護決定書が届く予定であること、入院費用等も保護費から出ることを淡々と報告し、「ではお大事に」といって、そそくさと帰って行った。

そんなこんなで、入院前に無事、生活保護受給が決まった。

だが私の場合は本当に幸運だった。入院日がまじかに迫っていたこと、資産も親族の援助も望めないことが一目瞭然であったことに加え、病院が協力的ですぐに保護が必要であることを申請してくれていたからだ。

普通は申請までに何度も役所に通わされることが多い。申請書を書くまでが大変なのだ。働けないことを証明しろと言われたり、親に援助してもらえと言われたり。持ち家などだったら家を売れといわれる。老後のために細々とためていた貯金も資産とみなされ、それを生活費に回せと言われる。保険に入っていれば解約しろと言われ、車を持っていれば手放せと言われる。

当然のことながら最低限の生活しか許されないのが生活保護だ。そこでやっと、保護申請書の作成に入らせてもらえるのだ。何度も役所に通うことは普通のことだ。そのたびに冷たくあしらわれ、証明しろと言われ、その苦難を乗り切ってやっと申請書の作成に入ると、本当に貯金や隠し財産がないかなど、金融機関に照会され、2親等以内の者に援助できないか照会される。

確かに人様の働いた大切な税金で生活させてもらおうというのだから、厳重に審査しなければならないのはよく分かる。それは十分に分かっているけれども、せめて人として最低限の扱いだけは守って欲しいと思う。まだ鬱病という診断が下っていて職に就けないという診断書がある場合はすんなりいくが、生活保護を受けなければならない人にはそれぞれ事情がある。

鬱病になって働けなくなった人でも、職安に行けと言われたりする。見た目は健常者と変わらないのだから、冷たく言い放たれることもある。病気で生活保護を考えている人はまずは病院を味方につけることだ。そのためにも信頼できる医師との関係を作るのが不可欠になってくる。働けない証明をしてもらえるのだから。

ただ、一度申請が通ってしまえば、担当のケースワーカーさんがいろいろと面倒をみてくれる。定期的に家庭訪問があり、まだ働ける状態ではないのかなどの確認はあるが、正直に答えていれば問題ない。中には冷たい態度の人もいるが、たいていは受給者の立場に立って困っていることなども相談にのってくれる。

生活保護は、治療に専念させてもらえる、非常にありがたい制度なのだ。

年　　月　　日

保護申請書

宛先　　　　　　福祉事務所所長

申請者氏名　　　　　印　住所

連絡先　　　　　　要（被）保護者との関係

次の通り**生活保護法**による保護を申請します。

現住所							
家族の名前	氏　名	続柄	性別	生年月日	年齢	職業	健康状態

保護を受けたい理由	

援助者の状況	氏　名	続柄	年齢	職業	現住所

第3章　電気ショック

チューブに繋がれ、心も繋がる

——10人部屋の全員が点滴を打っている

私は子供の頃から風邪すらひいたことがないほど健康だった。病院にも健康診断以外でお世話になることもなかった。眠れなくなるまでは…。そのときだって、不規則な生活が原因で大したことないと思い込んでいた。まさか自分が鬱病で入院することになるとは考えたこともなかった。

鬱病での通院歴はゆうに1年を超えていたが、入院を考えたことは一度もなかった。薬で治るものだと信じていた。「薬物療法ではもう無理です」と宣言されるなどとは考えもしなかった。

何もわからないまま、「入院の案内」に書かれている入院時に用意するものを準備してカバンにつめた。入院先の総合病院には事前に診察を受けに来ていたが、診察室で話を聞いただけで、実際に入院病棟に入るのは初めてだった。ここはすべて開放病棟なので、夜間や早朝以外は出入りも自由で、特に決まりもないとのことだった。都心の中の一等地にある病院で、周りにはなんでも揃っている。病院内も総合病院だけあって、売店も充実しているし、設備は整っているようだった。

入院初日、まずは診察室で主治医に今後の入院での方針を聞いた。電気ショックを受けに来ている自覚はあったので、それだけかと思っていたが、それ以外にも薬物療法が併用して行われるとのことだった。入院期間はだいたい3ヶ月と聞いていたので問題なかったが、電気ショック療法を数回行い、退院した後は薬物療法で通院して経過をみていくとのことだ。

こちらとしては、電気ショック療法で完治するものだと思っていたので、その後も治療が続くことがなんだか納得できなかった。薬物療法では無理だからという理由で電気ショックを受けることを了承したのに、また薬が待っているとは考えていなかった。電気ショックさえ受ければ症状は治まり、すぐに元の生活に戻れると思っていたのだ。

だが、もう入院の準備をしてきている。いまさら話が違うといったところで、引き返す気力はない。もうどうにでもなれといった気持ちで主治医の話を聞き、担当の看護師を紹介された。ちょっと大柄でとても笑顔の可愛い若い女性の看護師だった。話し方もおっとりとしていて、こちらの気分まで和らげてくれそうだった。

まずは看護師が私の大きな荷物を持って、病棟のある別館に案内してくれた。診察室のある新館は新しく綺麗で設備も整っていたが、別館は思っていたよりも古びた建物だった。エレベーターで7階まで上がると、そこが精神科の病棟だった。

大きく開かれた扉の入口を入るとまずナースステーションがあり、正面には広いスペースが広がっていた。面会もできるフリースペースということだった。ナースステーションを挟んで左右に長い廊下が繋がっており、左右それぞれに病室があるようだった。

私はまずナースステーションに招き入れられ、看護師やケースワーカー、担当以外の医師に紹介された。とてもじゃないが、覚えていられないので、そのまま会釈だけしてやり過ごした。

担当看護師が身長と体重を測りましょうと言って、小学校時代に使っていたような身長計で身長を測った。自分が思っていた身長より2センチも低かった。背が縮んだのか、測り方が悪いのか…。なんだか背が縮んだことは思った以上に大きなショックだった。歳のせいなのか？

続いて体重を量《はか》った。体重は最近では健康診断くらいでしか量ったことがなかったので、あぁそんなものか程度の感想しかなかったが、仮にも病院なのに、昔馴染みのアナログの体重計なのが気になった。いまや一般家庭でもデジタル体重計が主流なのに。

いよいよ病室に案内されることになった。10人部屋とのことだった。今まで30年以上ひとり暮らしをしてきた身にとって、人と一緒に生活することはかなり緊張を強いられそうだ。しかも10人も。大丈夫だろうか…。

不安に襲われながら病室に案内されると、みんなカーテンで仕切られていて、そこに人がいるのかどうかすら分からない。一ヶ所カーテンの開いている窓際のベッドが私の住処《すみか》になるらしい。小さな机と物入れ、テレビが置かれていた。一人のスペースとしては十分な広さがある。

窓から見える景色は、朝日に照らされた高層ビルが立ち並び、爽快だった。看護師さんが荷物の整理を手伝ってくれて、ラクな格好に着替えるように言って、その場を離れた。皆と同じように私もカーテンを閉じ、着替えをした。

挨拶はしなくていいのだろうか、でも寝ているかもしれないし…、などと心配しながらベッドに腰掛けて、カーテンの隙間からしばらくそのままビルを見やっていた。

これから3ヶ月ここで生活するんだな…。なんだか自分でありながら、自分とは違う私が存在しているように思われた。私は病人じゃないのに…、なぜか自分が病人で入院するということが受け入れがたいもののように感じられた。

ただ、心のどこかでホッとしている自分もいた。ここにいればもう無理しなくてもいいんだ。強いはずの自分と、弱り切った自分がそこにいた。

社会から隔絶された世界がそこにある。今からそこで生活していく。私は社会から逸脱してしまったんだ。どこも身体は悪くないのに、病人として生きていくんだ。

そんなことを考えていたら、担当看護師が再びやってきてカーテン越しに名前を呼ばれた。カーテンを開けると、点滴の用意をして待っていた。点滴なんてされるのは初めてだ。私は電気ショックを受けにきているのに、点滴まで受けなければならないのか…。やさしく針を通しながら、薬の落ち具合を確認し、「少し横になって休んでいてくださいね。お昼になったらお知らせしますから」と言って出て行ってしまった。

言われた通り横になり、点滴の薬が落ち続けるのを見守っていた。なんだか本当の病人になった気がしてきた。こうやってただ病室でやることもなく横になっているのもいいものだ…、などと気楽に思えるような気がした。点滴チューブに繋がれるとだれもが病人になった気がするだろう。

昼食の時間になったようだ。看護師が呼びに来る前から、部屋のあちこちのカーテンが開き、外に出て行く音がする。食事の匂いもしてくる。看護師がきた。食事はフリースペースでも病室でも食べられますがどうしますかと聞かれ、ここで食べますと迷うことなく答えた。ではは配膳の場所を案内しますねといって、付いてくるように促される。

点滴の台を引きずりながら、看護師についていく。人がナースステーション近くに群がっている。当然のことながら男性もいる。当然なんだが不思議な気がした。女性部屋、男性部屋に分かれてはいるが、同じフロアで共同生活しているわけか。

看護師が「ここに時間になると食事が運ばれてくるので、取りに来てくださいね」と説明してくれる。点滴が刺さったままだったので、食膳は看護師が部屋まで運んでくれた。でもほかの患者は点滴を受けたまま上手に食膳を運んでいる。私も明日からはああやって運ばなければならないのだ。

部屋に戻ると何人かの人と顔を合わせた。看護師さんが気をきかせて紹介してくれた。私のとなりのベッドの人は背が高くとても綺麗な顔立ちをしていたが、痩せこけて蒼白かった。まるで人形が病気になったかのようだ。その人に話しかけられて、初めて患者と言葉を交わした。食事中もお互いが見えるように一方だけカーテンを開け、話しながら食事をした。なんとその人も、きょう入院してきたという。慣れない者同士、なぜか妙に気が合い、食事がまずいねとか、点滴いつまで続くんだろうねなどと、たわいない会話を交わしていた。

風呂は12階にあった。ガラス張りで外のビル群が一望できる最高の環境だった。となり同士になったその子と私はいつも一緒にお風呂に行った。最初は慣れないから一緒に行ったのだが、いつしか習慣となった。食事中もとなり合わせのベッドでおしゃべりしながら食べた。

私が電気ショックを受けるために入院しているというと、かなり驚いていた。その子も初めての入院だということだが、薬物療法だけらしい。でも「ここは電気ショックで有名だからねぇ」と言った。あぁ、そうなのか、だからここを紹介されたのかと納得した。

入院生活が数日も過ぎると病棟の様子も分かってくるようになる。私のいる病室では全員が点滴のチューブに繋がれていることも分かった。それは異様な光景だった。身体が悪いわけではない心を病んだ女性が10人、チューブに繋がれている。自分もその中の一人であることが、なんだかやるせない気分だった。

食事をフリースペースで食べるのはほぼ老人で、老人は私たちの病室とは反対側の部屋にいて、食事の時間だけフリースペースに出てきて、看護師に食事の介添えをしてもらったり、テレビを見たりしながら過ごしているようだった。

病棟はナースステーションをはさんで左右に分かれていて長い廊下で繋がっているが、真ん中にフリースペースがあるため、反対側まで行くことはない。私のいる病室側は若い女性の患者が多かったが男性患者の病室もあった。ただ逆側は未知の世界だった。となりの子に聞いた話では、ナースステーションに一番近いところは個室がいくつか並んでいるらしい。そしてその奥の病室は介護が必要と思われるほどの高齢の患者が、何年も入院を続けているということだった。もう入院しているというよりはそこに住んでいる状態。住民票もこの病院にあるとのことだった。

この病院は総合病院で全室が開放病棟ということもあり、重篤な患者は受け入れていなかった。ほとんどが鬱病患者で占められていた。そんな中、その老人たちは鬱病なのか、なんなのか？　どちらにせよ、住民票まで移しているということは、そこが終の住処となるということなのだろう。そんな老人たちが廊下の反対側にたくさんいることが驚愕だった。

自分はあんなふうになりたくないと正直、思った。ただ、そういう老人が多く存在していることだけは確かな事実だった。

私はすぐに電気ショック療法を開始するのかと思っていたが、しばらくは点滴で体調を整えてからとのことだった。体調を整えてといっても、点滴の中身は抗鬱剤で、何も変わりはしなかった。精神科というと変な人もいるだろうと思っていたが、そういう人はいなかった。たまに長い廊下を延々と歩き続けている人がいたり、ぶつぶつ独り言を言っている人はいたが、それほど変わっているようにも見えなかった。

どうやらこの病院が受け入れているのは軽症患者だけらしかった。

かっこいいショックっ！

――手術室は宇宙のドック空間

入院生活にも慣れた頃、いよいよ電気ショック療法を行うという話が出た。主治医が直接担当するので問題ないこと。全身麻酔をするので痛みも全くなく、数分で終わる簡単な療法とのことだった。ただ、施術自体は麻酔をするので手術室で行うと聞かされた。私はこれを聞いて興味津々になった。よくテレビや映画でみる手術室を直接見ることができることが嬉しかった。

電気ショックへの恐怖心とかは特に感じていなかった。その辺についてはかなり鈍感なタチらしく、興味のほうが大きかった。薬のような副作用もないと聞いていたし、それで治るならそんなにいいことはない。あれだけ苦しんだ鬱から解放されるのだ。ちょっとくらいの痛みがあってもどうってことない…、と思っていた。

1回目の施術の日、朝から主治医がベッドまできて、いかに安全で簡単に終わるかをわざわざ説明してくれた。「不安はありますか?」と聞かれ、何もないと答えた。となりの子のほうが心配してくれていた。私は早く始まらないかとウキウキしていた。看護師が手術着を持ってきた。着替えて処置室に来てくださいとのことだった。処置室とは急に具合が悪くなったりした人の手当てをする小さな部屋だ。

私はすぐに着替えて処置室に行った。処置室の小さい部屋いっぱいにストレッチャーが運び込まれていた。そしてそこに横になるよう促され、まずはお尻に注射された。なんだか子供みたいで気恥ずかしかったが仕方がない。

その後、こめかみにクリームのようなものを塗られた。「ここに電極を流すから、ちょっと2~3日やけどの跡が残るかもしれないけど、すぐに消えるから」と言われた。そして、順番が呼ばれるまでもうしばらく待っててと言われ、処置室に一人残された。

さすが、電気ショックで有名なだけはある。順番に何人もの施術を行うようだ。施術は2~3分。麻酔の時間などを含めてもせいぜい一人15~20分程度で終わるだろう。

しばらく待っていると「呼ばれましたー」と明るい声で看護師が入ってきた。「これから手術室に向かいますねー。心配ないからねー」などと言いながら、ストレッチャーを押していく。

ストレッチャーに乗ること自体が初めてだったので、横になりながら普段使うエレベーターを降りていくのが妙に新鮮に感じた。エレベーターがどんどん下に降りていき、3階で止まった。エレベーターを降り、廊下を少し行くと、主治医ともう一人、小柄な女性が立って待っていた。主治医が妙に明るい笑顔で大丈夫ですか？ と聞く。はいと答えると、となりにいた女性がきょうの麻酔を担当する麻酔医だと自己紹介してくれた。「よろしくお願いします」と言い、「では」と主治医が促す。看護師が「終わったらまたここまで迎えに来るからね」といって立ち去って行った。

そこで、古い木箱に入った赤と黒の電極を見せてくれた。それをこめかみに当ててショックを与えるということだ。ＥＣＴと言われるようになった電気ショックも、結局は古い技法のまま原理としては昔から何も変わっていないのだ。麻酔なしでやったら拷問なんだろう…。

主治医と麻酔医にストレッチャーが押されて行く。見たことがあるような、ないような世界が広がっている。まず最初の扉が手術室につながる扉のようだ。巨大な赤と黒のボタンがあり、そのボタンを押すと鉄製の銀色に輝く扉が自動で開かれた。そこから宇宙船を思わせるような空間の中の廊下を通り、また銀色に輝く扉の前にくる。ボタンを押すとまたもや機械的な空間と幾つかの扉がある。それぞれ手術室となっているようだ。もうこの時点で、映画の世界にいるようで興奮気味になってきた。そしてついに扉の上部に「手術中」の表示ランプのある部屋の前で止まる。

扉が観音開きで開いていく。中はよく映像で目にする手術室そのものだ。ストレッチャーから手術台に2人がかりで移動させられる。私は寝たきりの状態でなされるがままだ。手術着をちょっとはだけて、心電図や血圧計などの装置が手際よく身体のあちこちに付けられていく。

恐怖心は全くなく、高揚感が溢れてくる。これから何が起こるのだろう。

心電図の「ピッ、ピッ」という規則正しい音が金属質な手術室に響き渡り心地よい。数値を読み上げる声が聞こえる。

麻酔医が近づいてきて「これから麻酔を打ちますね」と確認する。そして主治医が「気がついたときにはもう病棟に戻っているから大丈夫だよ」と声をかける。

一瞬、空気が張り詰める。

腕に針を打とうとするが、私は血管が細い。3回ほどやり直す。その度に「ごめんね」と謝られ、「心配しないでね」と声をかけられる。

針が入ったのか、数を数えるように指示される。「イチ、ニ、サン、シー、ゴォ」…、夢のような瞬間だ。心地いい快感。

麻酔とはこんなにも気持ちのいいものなのか！　このまま気を失ったままでいたい。意識が宙を飛んでいくような快感。薬物依存者の気持ちがほんの少し分かるような気がする。毎日こんなふうに意識をなくして眠れたら…、どんなにすばらしい目覚めが待っていることだろう！


気がついたときには、元の処置室にいた。部屋には、誰もいない。ストレッチャーではなく、ベッドに寝かせられている。どうすればいいのか分からないままボッーとしていると、やがて看護師がノックして入ってきた。気がつきました？　頭痛くない？　そう言いながら、こめかみの辺りをチェックする。「ちょっと跡が残っているけどすぐ消えるから。薬つけておきますね」と言ってまたクリームを塗る。

「軽い頭痛がする」と伝えると、すぐに薬を持ってきてくれた。もうすぐお昼になるけど食べられるかと聞かれる。まだ午前中？　ほんとにすぐに終わるんだ！　なんだか夢の中の出来事のようだったが、麻酔前までの感動的な興奮はハッキリ覚えている。

頭痛といっても軽い鈍痛で、別に食欲がないわけでもないが、なんとなく今は何も食べたくない。なんだか余韻に浸ってそのまま眠ってしまいたい気分だった。部屋で横になりたいと言って、横になった。となりの子が心配して声をかけてくれたが、「ぜんぜんなんともなかったよ」とだけいい、そのまま横になって目を瞑った。

入院してからも不眠は続いていて、夜中に何度もナースステーションに行き、頓服《とんぷく》をもらったりしていたが、いつもは全く熟睡感がなかった。けれど、施術後に横になって目を瞑るとそのままスヤスヤと甘い眠りについた。それは久々の感触で、それだけでも電気ショックの効果を十分に感じた。

入院中、電気ショックは10回ほど行われた。最初の2週間は点滴をしていて、翌週から1週間に1度の電気ショック療法となったのだ。入院予定は3ヶ月だった。

3ヶ月後の私は、入院前の自分がなんだったのかと思うくらいに元気だった。主治医はちょっと元気すぎることを気にしていたが、そんなことは関係ない！　夜は薬がなければ眠れないが、寝なくても元気だからいいや！　と感じていた。それほど電気ショックの効果はすごいものがあった。

予定通り3ヶ月で無事、入院生活は終わりを告げた。そのままこの病院に通院することになったが、睡眠障害以外の症状はほぼなくなっていた。このまますぐに働けると思った。生活保護を受けているという事実がとにかく受け入れ難かった。自立した生活を取り戻さなければ…、と焦っていた。

ただ、主治医から1ヶ月間は様子をみるようにと言われた。薬も飲み続けるように指示された。だが上の空だった。もう私はなんでもできる！　そう思い込んでいた。仕事だって、今まで以上にすごいことができる自信があった。ちょっとくらい眠らなくてもアタマは冴えていたし、ボーッとするようなこともなかった。

今までがなんだったのかが分からなかった。以前、心療内科にかかっていたことを後悔した。初めからこの病院を紹介してくれればなんの問題もなかったのに！　時間を無駄にした！　本気で後悔していた。

何もかもが新鮮だった。街を歩いても、意味もなく楽しかった。友達に電話しては長々と話し続けた。夜も寝ることに執着心を持たなくなっていた。眠れないなら寝なければいい、本気でそう思っていた。

病院には隔週で通うことになっていた。心療内科から転院してすぐ入院したから分からなかったが、この病院は都心にあるためか、総合病院だからか、待合室にいるのはスーツ姿のサラリーマンがやけに多かった。以前通っていた心療内科はどちらかというと女性、しかも若者が多かったが、この病院は男性がかなり多いように思われた。しかもどこが悪いのか全く分からないような、ごく普通のサラリーマン然とした人ばかりだった。女性もあまり若い人は見かけなかった。

待合室全体が妙に落ち着いた雰囲気で、ここが精神科であることは言われてみないと分からないだろうと思われた。医師は数名いたが、外来は3名ほどだった。曜日によって担当医が決まっていた。

元気になった私は、もう必要ないと思いながらも、真面目に外来に通った。最初の診察日に、すぐに働き始めるといったらストップがかかった。腑に落ちなかったが、今まで何年間も病気だったのだから、徐々に普通の生活に慣らしていかなければダメだといわれ、とにかく焦らないように説得された。

私は生活保護を受けているのが嫌だからすぐに働きたいといったが、ちゃんと眠れるようにならなければ、また元のように仕事ができなくなると脅され、しばらくは療養生活を送ることを無理やり約束させられた。とにかく普通に眠れるようになること、それまでは無理はしてはいけないと諭された。

眠れないから薬を処方してほしいとお願いした。だが、心療内科でもらっていた粉末の薬は「絶対に出さない」と拒否された。他の薬も処方が大幅に変わった。

眠れないのには変わりがなかった。ただ、4時間睡眠の人のことはよく聞く話だ。睡眠時間が短くてもそれほど問題ないだろうと思った。それどころか、起きている時間が長ければ、それだけ充実した時間が過ごせるはずだと思った。以前、睡眠障害で通院を始めたことなどすっかりアタマから消えていた。

とにかく仕事をしようと考えていた。医者の言うことを聞いていたらいつまでたっても自立できない。アテはなかったが、自分ならなんでもできると思い込んでいた。年齢や経験のことなどアタマになかった。なんだってできるんだ！　という異常な自信に満たされていた。ただ、現実に就職活動を行ったりしたわけではなかった。訳の分からない自信だけで、実際にどうすべきかなんてことは考えていなかった。

やればできるという子供の言い訳と同じで、妙な自信だけが一人歩きしていて、現実の地に足のついた考えというものが全くできていなかった。たぶん主治医もそれを心配したのだろう、薬も抗鬱剤から、気分を落ち着かせる薬に変更された。睡眠薬も最初は減らしていたものを、また徐々に増やし始めた。

そんなある日、絶好調でなんの不安もなかった自分が突然、狂いだした。一気に奈落の底に落ちたのだ。

理由など何もなかった。ある日突然、あるはずだった自信が全く無いことに気づいてしまったのだ。私には何もない。今度はそれしか考えられなくなった。

退院してからまだ2ヶ月しかたっていなかった。こんな私に仕事なんてできるわけがない。生活保護を受ける資格もない。生きている意味がない。とにかく全てがないことになってしまった。あれほど自信があった自分が、こんどはなんにもない世界にはまり込んでしまった。

眠れないことの苦痛が再びものすごい勢いで襲ってきた。布団の中で暴れては頓服を飲み、夜中にコンビニにアルコールを買いに出た。また何もかもが無茶苦茶になってしまったのだ。

通院の次の予約までは1週間以上あった。だがこの状態を次の通院まで待つのは耐え切れない。病院は診察時間が終わると電話が繋がらなくなる。だが、耐えられそうもない。

私はナースステーションに電話した。深夜の3時を過ぎていただろう。電話に出たナースは私のことは知ってはいたが、この時間では対応のしようがないので、あすの診察時間内に電話してといった。当然のことだ。

だが私にとっては緊急事態なのだ。このままでは気が狂ってしまう。なんとかしてくれと訳の分からないことをいう私に異変を感じたのか、別のナースが応対に出た。落ち着いた様子で、今の状況を聞き、眠剤（睡眠薬）は飲んだかと確認する。

「眠剤も頓服も飲んだが全く効かない。どうにかなりそうで怖い。どうすればいいか」と執拗に詰め寄る。

「困りましたね。先生とは連絡が取れないんですよ。先生には報告しておきますから、朝一で外来に来てください。いまは頓服をもう一度飲んで、とにかく横になってください。眠れなくてもかまいません。朝になれば先生が診てくれますから、それまでのあいだ、なるべく何も考えないようにして横になっていてください。今できることはそれしかないんですよ。とにかく横になって落ち着くことが大切なんですよ。朝までの辛抱です。あと2時間くらいがまんすれば外が明るくなりますよ。それまでがんばりましょう」

ナースはなおも親切に対応してくれる。

「明るくなれば気分も落ち着いてきます。先生にも連絡します。心配しなくても大丈夫です。とにかくお薬を飲んで横になって、今は落ち着くこと。明日になれば先生が診てくれますから大丈夫です」

電話は切れた。夜勤のナースというのは思っている以上に忙しいものなのだ。あちこちからナースコールがかかる。眠れない患者が訴えに来る。それらに対処するだけで手一杯なのだ。退院した患者の相手などしている暇など本当はないのだ。落ち着けば分かることが、そのときの私は分からなくなっていた。

せっかくのアドバイスも見捨てられたような絶望感に変わり、それでも薬を飲む。通常の量では効かないので規定量より多く飲む。多少薬を多めに飲んだところで、効きはしないことは分かっているのだが、気休めだ。だがまだ理性は残っていて、体に弊害を及ぼすほど大量に薬を飲んだりはしない。

多量の薬を飲むことをオーバードーズ（ＯＤ）というが、そういうことを私は中高生のやることだと思っていた。だから、規定量より多く飲むことはあってもある程度までしか飲まない。どうせ効かないなら1シートくらいなら飲んでも平気だろうとは思っても、そこまではしない。

本当に過剰摂取する人間は1シートなんて可愛いものじゃなく、胃洗浄するか、場合によっては命を落としてしまうほど飲むものだ。だが私はなぜだか薬に関しては、効くと言われても効いた覚えもないし、逆に薬に飲み込まれたくもないという思いが強かった。効きもしない薬を飲んで、言われた通りに布団に横になり、外が明るくなるのを待つ。絶望感が次々と襲ってくる。じっとしていられない。布団の中で手足をジタバタさせて寝返りを打ちまくる。もう何もかもおしまいだという思いと、早く主治医に診てもらいたいという思いが消えては湧いてくる。診てもらっても治らないという思いと、診てもらえればラクになるという思いが交差する。

明け方の4時を回って、私には頼るアテがないと絶望的になる。そんな時間に相手をしてくれる奇特な人など存在しないのが普通であるにもかかわらず、自分だけがひとりぼっち、見捨てられたと確信する。

それでもありがたいことに、時間だけはきちんと時を刻んでくれる。絶望の自意識にはまり込んでジタバタしているうちに、次第に外が明るくなってくる。明るくなったからといって気分がよくなるわけではない。ただ、自分の世界に囚われていたことが虚しくなってくる。

ちょっと我に返って冷静さを取り戻し、ナースステーションにまで電話してしまったことや、誰にも相手にされないと悲劇のヒロインに陥っていたことに嫌気がさしてくるのだ。

不思議なことに、夜勤のナースに言われた通り、明るくなってみれば、ジタバタしたところでどうにもならないことが分かるようになる。きょうは受診はとりやめようかと思うが、朝になれば主治医に連絡が行くだろう。受診しなければ、余計な心配を掛けることになる。やっぱり行くしかないな…、などと、けっこう冷静に考え始めたりもする。

きのうから風呂にも入っていないが、歯磨きだけして着の身着のままで家を出る。都心の一等地にある病院に行くにはひどい格好だが、そういった意識は忘れ去られている。

9時から始まる診察に、早く見てもらいたいからと、9時前から人が並び始めているようだ。最初の人はいったい何時にきているのだろうなどと思いながら、律儀に9時ちょうどに病院に着く。予約外だからかなり時間がかかるかもしれませんよと受付の人に言われる。別に仕事があるわけでもないし、家でじっとしているよりは気がまぎれるだろうなどと気にとめることもなく、待合室の一番隅っこを見つけてそこに座る。

生活保護者は診察料もいらないから診察券さえ持っていれば診てもらえる。一応、財布だけはカバンに入れてきたが、携帯も腕時計も何も持っていなかった。待合室にある時計は隅っこからでは見えない。まあ、そうとう待たされるだろうなとは思いながら、診察室に人が入っていくたびに、チェックしている。出てくるとこの人は長かったなとか、すんなり終わったなとか考えながら順番を待つ。番号が掲示板に表示される方式なので、だいたいあと何人くらいかは分かる。ただ、入室して30分以上出てこない人がいたりして、もうすぐだと思っても油断はできない。

待合室は長いあいだ待たされている人ばかりだというのに、静かで落ち着いている。殺気立った人など見かけたことがない。私も夜中の出来後が嘘のように落ち着いている。気分は決して晴れたわけではなく、重い絶望感のようなものがどんよりと身体を覆っているような感じだが、切羽詰まった感覚はなくなっていた。

逆に言えば、いまさら受診したところであの気の狂いそうな感覚を説明できるかといえばもう無理で、だからといってこのまま帰っても、また今夜同じ思いをするかもしれないと思う。

退院してからの絶好調だった自分が変わってしまったことを報告しなければならない。そう考えると、せっかく電気ショックまでやって調子がよくなって先生も喜んでくれていたのに…、と自分が悪いことをしたかのような気になってしまう。でも調子にのるなというようなこと言ってたから、こうなることも分かっていたのかな？　などと、浮かれていた自分を恥ずかしく思ったりもする。

あれやこれや想像しているうちに、自分の順番がやってきた。診察室を前にして急に緊張してきた。夜中にナースステーションに電話したことを怒られないか、予約日でもないのに受診して迷惑がられてないか…、そっとドアに手をかけ診察室に入る。

なんでもできそな絶好調から奈落の底へ

――2ヶ月に一度の定期的電気ショック療法

診察室に入って「すみません」とまず謝る。主治医は無理したような笑顔で「どうしました?」と話を促した。できるだけ分かりやすく手短に答えなければと、「なんだか突然、奈落の底に突き落とされたような気分になって、おかしくなりそうになりました」と答えた。

主治医から笑顔が消え、カルテをめくり出した。

「いつ頃から?」「きのう、突然です」

「それからずっと気分は悪い?」「はい」

しばらく沈黙が続いた。

「うーん。ちょうど2ヶ月ですねぇ。一度の電気ショック療法で治る人が大半なんですが、なかには2ヶ月くらいで効果が切れてしまう人がいるんですよ。うーん。たぶんあなたの場合も、急激にテンションが上がっていたから心配していたんですけど、効果が切れやすいタイプなのかもしれませんね」

主治医は饒舌になっていった。

「鬱のほうも重症だったし、一度で完全に治るのには無理があるかもしれません。ただ、効果が切れる前に定期的に電気ショック療法を繰り返すという治療方法を行えば、大抵の人は数回の入院治療でよくなります。入院治療といっても、前のように長く入院しなくても、悪くなる前に入院して電気ショックを受けるということを繰り返せば、1回の入院は2週間くらいです。もう一度入院しましょう」

想像していない言葉だったので、冷静に何かを判断するような思考能力を失っていた。おとといまで絶好調だった自分がたった1日でまた入院生活に戻る…、しかも何度も入退院を繰り返す…。

「もう入院は嫌です」

やっとそれだけ言ったが、「薬も効かないようだし、どんどん酷くなる一方ですよ」と脅しともとれるようなことを言われ、電気ショックは効果あったでしょ？　とたたみかけられる。

確かに素晴らしい絶頂感を味わわせてもらった。しかも正直、電気ショック自体は嫌いじゃないのだ。あの手術室に行くまでの高揚感や手術室での心電図の鳴り響く音、全身麻酔の快感。しかも副作用はない。こめかみの傷跡なんて2日で消える。

それでも、入院生活はやっぱり苦痛だった。一人での生活が長いためもあるだろうが、もともと共同生活とかは苦手なのだ。

しかも2週間とはいえ、それを何回も繰り返さなければならないのはちょっと…。しかも親にはもう良くなったと言ってしまった。これ以上、心配はかけたくない。一度ならまだしも何回も入退院を繰り返したりしたら、心配するなというほうが無理だろう。

「他に方法はないですか？」ダメ元で聞いてみる。

「あなたの場合、非常に強い薬を長期間使って治療したにもかかわらずどんどん悪化していくということで、電気ショック療法をという紹介状がきたのですよね？　今のところ試せる薬はすべて試してきています。他の薬という選択肢はありません。電気ショックで確実に効果は現れたのですから、きちんと定期的に施術していけば、今回のように躁《そう》状態からいきなり鬱状態に戻るということもなくなります。今ひどい鬱状態に戻ってしまったところですから、すぐにでも治療を再開しましょう」

この世に薬物療法と電気ショック以外で鬱病を治す手段はないということか…。それなら、イエスと答えるしか方法がない。もうすでに心療内科で匙《さじ》を投げられている。今ここで拒否したら、また他の病院に転院させられるだけか。

「今すぐ決めなくちゃだめですか?」それでも食い下がってみる。主治医はフゥ〜とため息をつき、「きのうの夜のことを思い出してごらん」と言った。

勝ち誇った言葉だ。

「すぐに空きの病室があるか調べさせるからちょっと待ってて。入院の手続きはこの前と同じだから、あとはナースに手続きしてもらって。あと、入院までの間、夜の薬をちょっと強くして、安定剤も追加するから。あと頓服も強いの出すからそれで乗り切って」

たった2〜3時間のあいだに思いもよらむ方向へ歯車が回りだした。おとといまで社会復帰を真剣に考えていたのに、いきなり入退院生活が決定。あれほど嫌だった生活保護をまだまだ打ち切れなくなってしまった。

冷静に話を整理すると、まず2週間入院する。その間に1週間に1度、つまり2度の電気ショックを受ける。そして退院。2ヶ月間は自宅で療養生活。そして再び2週間の入院生活。それを数回続ける。数回とは、あいまいな数だ。決まっていないということだ。人により効果を見ながら決めるということらしいが、どう考えたって1年近くは入退院を繰り返すことになる。いったい私はどうなってしまうのか?

病院では話がとんとん拍子に決まったが、アパートに帰って考え込んでしまった。まだ退院して2ヶ月。まず親には何て説明しよう。ハイテンションで、すぐに仕事をするようなことを言ってしまってある。1回くらいの入院ならばバレないだろうが、1年近く入退院生活を繰り返していたら、絶対バレる。仕事だってまたこれから1年以上働けなくなったら、ほんとうに就職先が見つからなくなってしまう。そのあいだずっと生活保護を受けなければならない。

病院に通いだしてからもう3年以上経っている。これから1年入退院していれば4年以上だ。鬱病は心の風邪じゃなかったのか？　薬を飲めば治るんじゃないのか？　何が抗鬱剤だ！　何が眠剤だ！　何もかもただのラムネじゃないか！

電気ショックだって３ヶ月も入院して、それで終わりのはずじゃなかったのか！　何度もやるなんて話は一度だって聞かなかった。それが今さら1年かけて電気ショック療法をやりましょうなんて、騙された！　それならそうと最初から言っておいてくれれば心の準備はできたはずなのに、調子が良くなって、これからだ！　と思った途端、最悪の結果になった。

これから1年も病院を行ったり来たりするだけの生活が待っているだけだ。何がいけなかったんだ！　悪いことでもしたのか？　普通に一生懸命に働いてきただけじゃないか！

特別なことなんて何も起こったことはなかった。ちょっと寝つきが悪くなったと思っていたらどんどん悪くなって、ただの睡眠障害のはずがいつのまにか鬱病になって、薬で治るはずが薬では無理だと言われて、電気ショックで治ったと思ったら、一回の入院じゃダメだと言われて…、またこれから1年間も病院と付き合っていかなくてはならないなんて！

考えても考えても出てくるのは同じ怒りばかり。しかもいくらアタマにきても、誰も責める相手がいない。いくらアタマにきても他に方法がない。言われた通りにする以外の方法を自分で見つけることはできなかった。

自分の人生には、もはや夢も希望も見出せなくなった。ハイテンションで長電話していた相手にもそれ以来、一切連絡しなくなった。

自分は人生の敗北者だ。他のみんなは働いている。私はその税金で食べさせてもらっているみじめな存在なんだと思うと、もう誰とも連絡を取りたくなくなった。

働いていない自分、鬱病の自分、精神科に入退院する自分、生活保護で生きている自分、何一つとして認めたくない自分がそこにいた。

それが現実だった。自分のことを説明するにはそれだけで十分だった。それ以外のことは何一つとしてやっていないのだから。毎日眠れもしないのにただ横になっているだけで、それ以外のことは何一つやっていないのだ。

繰り返すのは何回め？

――入退院生活の始まり

入院生活は毎回代わり映えのしないものだった。2回も3回も同じ病棟に入院していれば、ほとんどのことが分かるようになる。最初の入院と違って電気ショックを受けるためだけの入院だから、薬は飲んだが、それ以外は自由だった。昼間は街をブラブラ歩き回っていようと、買い物に出ようと、一日中寝ていようと、誰にも文句を言われない。

朝は決まってラジオ体操があり、みんな長い廊下にずらっと並んで覇気のない動きで体操していたが、私は最初の入院時から一度も参加したことがなかった。最初は何度か看護師に誘われもしたが、だるくてやる気にならないと言っていたら、そのままだれにも誘われなくなった。廊下に並んで体操しているのを初めて見た時、私は刑務所を思い描いた。

「絶対、私はこの中には入らない」と心の中に誓った。

フリースペースにも足を踏み入れなかった。面会室も兼ねているのだが、私のところに面会に来る人は一人もいなかったので、用事もなかった。たむろして噂話に花を咲かせている患者たちを病人とは思えなかった。

よく考えればそうとうにわがままな患者だったと思う。夜中に一度は必ずナースステーションに眠れずに頓服をもらいに行くのもお決まりだった。電気ショックの日は外出禁止なのだが、何の不自由も感じなかった。電気ショック自体は毎回ワクワクする体験だったし、終わった後だけは、横になると自然と眠れた。ただ夜になるとやっぱり眠れなくなるのだが…。

2週間入院すると、快調な日々が続いた。2ヶ月間は自宅療養ということになっているが、このまま働けるのでは…、と思えた。前回の経験からおとなしくはしていたが、気分は軽快だった。

隔週で通院して状況を話し、薬をもらう以外、別にすることはなかった。お金もなかったが、物欲もなかったので、貧乏で苦労しているという感覚もなかった。

ただ昔と変わったことといえば、全く本が読めなくなったことだ。以前は読書ばかりしていて、風呂にも本を持ち込んで読みふけるような生活をしていたが、全く読む気力が湧かない。暇だからと思って本を開いてみても、文字の羅列にしか見えない。意味が全くアタマに入ってこないのだ。

音楽も聴かなくなった。音に対してはかなり敏感になっていた。部屋の外の音に関しても気になったが、静かな住宅街だったので、ほとんど気になるようなことはなかった。ただ、時たまとなりの部屋から音楽の音が漏れてくると、イライラが募った。自分で音楽を聴こうという気にも全くなれなかった。

テレビはもともと持っていなかったので問題なかった。横になっている以外はネットに頼っていた。テレビやラジオのような音の出るものは受け付けないので、ネットでニュースをみて世の中で今何が起きているかをチェックした。

あとは暇つぶしにネットサーフィンに明け暮れていたが、以前のように鬱に関してや精神医学に関することを調べることはなくなっていた。新しい薬が増えたりすると、一応チェックはしたが、昔ほど真剣に調べたりはしなかった。しかも薬に関してはほぼ飲み尽くしていたので、新薬でもでない限り、調べることもなかった。

まあ、怠け者のダラダラとした生活を送っていただけで、なにひとつ意味のあることはしていなかった。それを規則正しく2ヶ月間過ごして、2週間入院して…、と繰り返していた。全部で何回やるかは決まっていなかったし、診察時の話にも出てこなかった。ただ自分としては1年間やって終わりになり、その時には治癒していると思い込んでいた。

電気ショックにすら見放され…

――効果なしで再び薬物療法へ

変化があったのは4回目の入院を終えた後だった。たしかに最初は気分も爽快だったが、数日もすると気分が沈んできた。なにか訳の分からない抑うつ状態から逃れられなくなった。最初に体験した奈落の底に落ちるような感じではなく、もっと鬱陶《うっとう》しいモヤモヤ感が全身を支配しているような感覚だった。

嫌な予感はしたが、まだ4回しか入院していないし、続けていけば良くなるだろうと思った。通院日の診察で、退院してから数日で調子が悪くなってきたことを話した。もしかしたら入院が早まるかな？　とは考えていたが、思わぬ言葉を聞くこととなった。

「これ以上続けても今以上の効果は期待できないかもしれませんね」

最初は言いたいことが理解できなかった。だが話しているうちにだんだんと言っている意味が分かってきた。もうこれ以上やっても仕方がないということなのだ。

4回入院して、計8回の電気ショックを受けた。最初の入院時から数えれば十数回になる。4回の入院で8ヶ月費やした。もう少し続ければ1年になる。1年やれば治るはずだと思い込んでいた。だが、もうこれ以上はやらないつもりのようだ。なんのための8ヶ月だったのか？

薬で見放され、今度は電気ショックにも見放されるというわけか。じゃあ、他の方法があるのか？　主治医の考えていることが全く分からなかった。あれほど電気ショックは効くと自信を持って勧めておいて、いまさら効果はないと…。

怒りの感情も悲しみの感情も湧いてこなかった。ただ、今まで信じてきたものが全て否定されたことをどう理解していいのか分からなかった。だが主治医が言うには今までの治療でだいぶ良くなってきた。あなたの場合これ以上電気ショックを続けても今以上の効果はみこめないけれど、ここまでよくなってきたのだから、あとは薬物療法でやっていきましょうということだった。

結局また薬物療法に逆戻り、というか、電気ショックを受けながらも薬物療法は続けられていたのだ。併用していた。それを薬物療法だけにする。それはもう見捨てられたも同じではないのか？　薬が効かないのは紹介状に書かれていただけでなく、主治医自ら色々な薬を処方して分かっているはずだ。ただ、もう何も言う言葉も失ってしまっていた。その日の診察はもう上の空だった。ただ処方箋をもらい、長い時間待たされて薬を処方してもらい家に戻った。

あぁ、もう入院しなくてもいいのか…。そんなことを考えながらも結局は今回も匙を投げられたんだなと感じていた。ただ、だからといって、どうすればいいかは分からなかった。今まで通り、通院し薬を飲んでいく以外の方法が思いつかなかった。

薬大魔王

——鬱に効くという薬はほぼ全て試したけれど…

通院は相変わらず隔週だった。診察までの待ち時間も長いが、それ以上にこの病院は院内処方で総合病院であったため、薬の待ち時間がとにかく長かった。効きもしない薬のために2時間以上待ち続けなければならなかった。

それでも薬は毎日きちんと飲んでいた。すぐに調子が悪くなるため頓服も頻繁に飲んだ。1日3回までと言われていたが、それでは効かず、5回も6回も飲んだ。

飲んで気分が落ち着くならいいが、効果はほとんど自覚できない。なんとなく少しは効くんじゃないかと思って気休めで飲んでいるだけだった。

睡眠薬に関しては相当強い薬をかなりの量で出してもらっていたが、効果はなかった。

2〜4時間で目覚める。それでも6時間は横になっていろという。眠りたいのに眠れずに横になっているほど苦痛なものはない。どんどんイライラが増してジタバタし始める。最初は素直に横になっていようとしたが、すぐにやめてしまった。目が覚めたら3時でも4時でもすぐに起きてネットを見ていた。もうその頃はネット以外にすることがなかった。ネットも熱心に何かを見るわけでもなく、ダラダラと気の向くままにネットサーフィンしているだけだった。ずっとそんな生活が続いていた。

働きたいとは思ったが、実際には働く気力などどこにもなく、生活保護は嫌だといいながら、それに甘んじていた。

隔週で都心のビル街に向かう以外、外に出ることもなかった。近所のコンビニ以外には。誰とも連絡を取らなくなった。たまに電話が鳴ることがあっても出ることはなかった。親にだけは定期的にこちらから連絡した。定期的に連絡していれば安心してくれているように感じていた。

毎日毎日同じ生活の繰り返しだったが、日によって体調の変化は激しかった。鬱病特有の希死念慮《きしねんりょ》もたびたび激しさを増した。もうこれ以上耐えられない。ラクになりたい…。心のどこかにその思いは常にあった。オーバードーズやリストカットに関しては、それでは死ねないという思いが強かった。若者のやる行為という偏見もあった。なのでアクションを起こすことはなかった。

確実に死ねる方法を考えた。周りに迷惑をかけない死に方を考えもした。だが答えは見つからなかったし、実行に移そうとは思えなかった。それでも死の誘惑には強烈な魅力を感じていた。

診察でも調子が悪くなるともうラクになりたいと泣き言をいった。いよいよ酷くなり、自宅での療養は無理と判断されて、入院もした。電気ショックの時の入院は結構それなりに楽しんでいたが、その後の入院生活は苦痛以外の何物でもなかった。

食欲がなくてほとんど食べられないこともあったが、それより辛かったのは、薬の副作用で食べても食べても満足しないことだった。いわゆる過食症である。ただ、食べたものを無理に吐き出したりということはなかったため、体重はみるみる増えていった。20キロはかるくオーバーした。過食症が治ると一時的に体重は減っていくのだが、すぐにまた過食の波がやってくる。

電気ショック療法の中止で入院生活とは手が切れたと思ったが、大間違いだった。その後も入退院は繰り返された。しかも定期的に決まっていた頃と違い、自分でももう自力で生活するのは無理だと観念しての入院だ。いつその時がやってくるかは分からない。今度こそこれで最後の入院にしようと思っても、感情の波に飲み込まれ、また入院…、ということを繰り返した。

それでなくても自分に嫌気がさしている上に、体重の増加で醜い姿となっている。今まで着ていたものが着られなくなる。ますます自分が嫌いになっていく。薬のせいだから飲みたくないと思って薬を無断でやめたこともある。だが突然の断薬は思った以上に最悪の状態をもたらす。薬はいい方向には効かないのに、やめると悪い方向には働く。結局、仕方なく入院してまた薬を飲み始めるという結果になるのだ。

もう完治は諦めていた。一生、薬は飲み続けなければならないとも言われていたし、治らないものだと観念した。あとはこの病気とどう付き合っていくか…、だけだった。

考えていたのは、早く寿命が来てくれ、ということだった。この先、人並みの幸せも、喜びも何もないだろうと思っていた。

第4章　精神科病院入院

偶然の電話と変化の一歩

——必然か？　ゆらぐ気持ち

本当にたまたまの出来事だった。たぶんかなりテンションの高い日だったのだろう。電話が鳴った時、とっさに出てしまったのだ。それは何年ぶりかに連絡をくれた知り合いからだった。特に意味はなく、どうしているだろうと思い立ち、連絡をくれたらしい。

当然のことだが「最近どうしてる？」という話になる。私は今まで自分から自分が病気であると告白したことがない。いつも適当な嘘をついてその場をごまかしてやり過ごしていた。入退院を繰り返すようになってからは誰にも連絡を取らなくなっていた。それなのに、その日はどうしたことか電話の音に反射的に出てしまったのだ。

どうしているかと聞かれたときも、いつもなら嘘でごまかすところだ。電話であればどんな嘘でも大丈夫だ。ところがなぜか「ちょっと最近、調子が悪くて…」と言ってしまった。今から考えるとなぜと思うが、その頃は日々の感情の起伏が激しかった。

鬱病というと、毎日ひどく落ち込んでいる日ばかりだと思われるかもしれないが、そういう日々が続くこともあれば、嘘のように調子のいい日が突然きたりする。その日もきっと気分のいい日だったのだろう。久しぶりの他人との会話に浮かれていたのかもしれない。なんとなく質問に素直に応じてしまった。

「あぁ、そうなんだ。じつは今、病院で副職してるんだよね。ちょっと医学に興味を持ってさ」

相手は私の病気については詮索してこなかった。それが逆に心をひらく気にさせられたようだ。

私は自分が鬱であることを明かした。相手はそう驚いた様子でもなく「あぁ、眠れないって病院通ってたもんね」と懐かしそうに話しだした。私はそんな話をしたこともすっかり忘れていて、あぁその頃以来、連絡とっていなかったんだなぁなんて思っていた。

「じつは今、精神科病院に勤めてるんだ」

相手は事もなげにそう言い放った。一瞬、心が凍りつきそうになった。「精神科病院」という言葉に反応したのだ。確かに私も精神科に通っているが、精神科病院というと、もっと重症の特別な人が通う病院のような偏見があったのだ。それからしばらくはその人が病院でどんなことをしているかとか、そういった話が進んだ。

だがおもむろに「今、薬、何飲んでるの?」と聞いてきた。いまさら隠す必要もないと思ったし、電話だから今後会わなければいいという思いもあって、飲んでいる薬の名を全部答えた。

「それってどこの病院?」だんだんこちらのことに興味が移ってきたようだ。病院名を伝えると、もうどのくらい通っているのかとか、薬は効いているかとか質問がはじまった。私は素直に病気のことを伝えたことを後悔しつつも、正直に答えた。

なぜかしばらく沈黙が続いた。そして突然「うーん、病院変えてみたら?」と言いだした。正直、病院を変えてまた一から治療し直すことなど考えたことがなかったので、戸惑った。

戸惑っていると「その薬の処方、危ないよ」と言われた。確かにキツイ薬を大量に飲んでいる自覚はあった。だがそれでも、その前の心療内科の処方よりはマシだった。薬はほとんど試していたし、これ以上何をどうしたって効きっこないという思いが強かった。それとなくそんなような話をした。すると「薬だけじゃ治らないよ」と当然のように答えてきた。

「電気ショックもやったけどダメだったんだよ」と思わず言ってしまった。

「そこまでやってダメなのになぜ病院を変えないの？」

私は答えに詰まった。他に治す方法があるとは思えなかった。主治医を全面的に信頼しているわけではないが、いろいろ考えて対応してくれていると思っている。それに今までの経緯を全て知っていてくれる。転院するとなれば、また一から話さなければならない。相性のいい医者に当たればラッキーかもしれないが、今以上に良い先生に当たる確率はものすごく低い気がした。

答えに詰まって考え込んでいると、相手が話しだした。精神の病を治す方法はいろいろあること。薬だけに頼ってはいけないこと。主治医との信頼関係なしに治療はできないこと。治すのは医者だけではなく、いろいろな医療従事者がいること。

話は延々と続いた。ただ決して無理に転院を勧めているといった感じでもなかった。押し付けがましさは感じなかった。私は今まで何も知らなかったんだなぁと思いながら話を聞いていた。どこかで、もしかしたらまだ治る希望はあるのかもしれないと感じていたのかもしれない。ただ、転院に対する拒絶反応はやはり強かった。もうこれ以上、見放されるような思いはしたくないと思った。相手も、まぁ参考程度に聞いておいてよと言い、電話を切った。

電話が切れた後、私はすぐにネットを繋いで、その人が働いているという精神科病院を検索した。都内でもかなり有名な病院らしかった。薬物療法以外にもいろいろな治療方法が書かれていた。今まで薬のことに固執して薬に関することばかり調べていたが、改めて調べてみると、鬱を治すのにもいろいろな方法があることが分かった。これ以上、効かない薬で入退院を繰り返すよりも、別の方法を試してみるべきでは…、という思いが強くなっていった。

ただ、調べれば調べるほどいろいろな病院がある。転院したとしても、相性が悪かったら…。私は生活保護者だ。保険証は持っていない。それなりの理由がないと転院もできないし、認められたとしても、そこの医者と相性が悪かったからといって、再転院など認めてもらえない。

賭けでしかない。相性の良し悪しは会ってみるしか分からない。今の主治医とも相性が悪いわけではない。いい先生だと思っている。心から信頼を寄せているわけではないが、それほどまでに信頼できる医師と出会えるのは奇跡的なことだと思えた。

来る日も来る日もネット中毒者のように、精神療法や精神科病院について検索しまくった。2ちゃんねるの評判まで目を通した。どうすればいいのか、全く決断は下せなかった。調べれば調べるほど迷いは出てくる。ただ、薬物療法だけではダメだという思いだけは日増しに強くなっていった。

電話をくれた相手の働いているという病院が妙に気になった。精神科病院というのがちょっと引っかかりはしたが、開放病棟もあると書かれている。ただどんな医者に当たるかによって、どんないい病院でも天国と地獄ほどの違いがある。たとえ名医ばかりだとしても相性ばかりは会ってみないと分からない。

気持ちはすでに転院に傾いていた。ただどこの病院にするかが決められない。本当にくじを引くようなものだ。当たりかハズレかはくじを引かない限り分からないのだ。ただし私の場合はハズレたからといって引き直しは許されない。転院を申し出て認められたら、もうそこに通うほかないのだ。

こればかりは悩んでも答えの出ない悩みだった。くじを引くかどうかを決めるだけで、あとは運に任せるしかない。悩みながらも通院は続けていた。ただ、今まで何も疑問に思わなかったことがいちいち気になり始める。信頼していると思ってはいたが、治してもらえるとは思えなかった。信頼がぐらつき始める。一度ぐらつき始めると、言葉の一つひとつにどこかしら不信感を持つようになってくる。それでも嫌いではないのがややこしい。気持ちはほとんど転院に決まっているのに決定打がない。電話相手の病院の話がやけに魅力的に感じる。だが、通うとなるとかなり遠くなる。福祉課が転院を認めてくれるのか？

転院の理由は？　いつまでも堂々巡りが続く。

薬物療法以外の治療法

認知療法
自動的にわき起こる思考やイメージに焦点を当て、患者の認知の問題点に気づかせ、認知の歪みの修正を図り、ストレスを軽減、気分を安定させていく対面式の療法。

行動療法
患者が悩み問題となっている行動は経験から学習されたものと考え、学習時の条件づけを分析しその欠如を補い、過剰を減少させ、適切な反応に改善していく療法。

対人関係療法
鬱病の発症には対人関係が大きく影響しているとの研究に基づく。現在の症状と、患者が対人関係でどのような問題を抱えているかを明らかにして解決の方法を探る。

支持療法
精神療法の基本的なもので、患者の悩みや訴えをよく聴いて理解に努め、患者の気持ちを支えていく。いいとか悪いとかの判断はせず、患者自らの気力回復を導く。

行動療法と認知療法を併せた総称が「**認知行動療法**」

通電療法
いわゆる電気ショック、かつて悪いイメージがもたれた療法でしたが、痙攣発作が起こらないよう頭部に流す電流を抑えた改善方法が開発され、再び見直されている。効果は鬱重症例で高いとされる。

光療法
季節性鬱病は、日照時間が長くなると改善していく事実に基づいた療法。人工的に明るい光を照射することで、高い確率で効果が得られる。通常の鬱病には効かないとされているが、日光を浴びる機会が極点に少ない場合は有効性も。

磁気療法
電気ショックの電流ではなく、磁気をあてるやり方。実施している病院は少ない。強い磁気発生装置を頭皮に当て、磁気エネルギーで脳内の神経細胞を刺激する。麻酔の必要はなく、痙攣が起きることもない。効果や副作用についてはまだよく分かっていない。

厚生労働省の資料や
『うつ病のことがよくわかる本』(講談社)参考

ついに本物の精神科病院へ
──またもや転院、最後の病院（のつもり…）

だが転院はあっけなく決まった。体調を思いっきり崩し、もうダメだという状態になった時、当然のようにまた入院の話になった。これで何度目かは覚えていない。ここでまた入院しても同じことを繰り返すだけだという確信があった。

今しかないと思った。もういろいろと病院を探る気力はなかった。今この苦しみを治してくれるところには精神科病院しかないと思った。薬物療法以外の方法で治療している病院はあるが、入院施設が充実していて、その後のケアもちゃんと受けられるところとなると限られてくる。どうせクジを引くならなるべく当たる確率が高いところがいい。精神の病気なんだから、それに特化した病院が一番信頼できるのではないか？

ほとんど気持ちは決まっていた。もうあれこれ考えられるほど、心の余裕はなかった。明日にでも入院したいほどひどい状態だった。ひとりで部屋で療養できるような状態ではなかった。

ケースワーカーに連絡した。とりあえず、ものすごく体調が悪いことは伝えたが、その後どうやって転院の話にもっていったのかの記憶がない。ただ、転院はあっけないほど簡単に許可され、その後私は精神科病院に恐る恐る電話をした。初診であること、とにかく調子が悪くてすぐにでも入院させて欲しいことを伝えた。受付では対応し兼ねますので、外来の看護師に繋ぎますと言って、保留音が流された。

ハキハキとした女性の声でどうされましたか？　と応答があった。初診なんですけど、すぐに診てもらいたいんですと、調子が悪いこと、入院を希望していることなどを思いつくまま並べ立てた。看護師と思われるその女性はしばらくお待ちくださいといってまた保留音になった。

保留音がかなりの間、鳴り続けていた。やっぱり無理かと諦めていたところ、先ほどの女性とはまた違う女性が出て、３日後ならなんとか時間を作れますがかなりお待ちいただくことになると思いますが大丈夫ですかと聞かれた。何時間待たされてもいいと思った。

これで転院できる。すでにケースワーカーに転院許可を受けた段階で主治医に紹介状を書いてくれるように頼んである。明日の診察日には渡してもらえるだろう。

自分でも不思議だが、生活保護の受給手続きの時もギリギリの精神状態でよく一人で最後まで手続きできたなと思ったが、今回も体調を崩して入院の話が出てから転院許可をもらい紹介状を依頼し、初診の予約まで見事なほどスムーズにやってのけた。あとは運を天に任せるしかない。

翌日、これで最後となる診察に行った。待合室にいる間、今までさんざん世話になってきたのに、先生は気分を悪くしてないかが気になっていたが、自分の番がきて診察室に入ると、普段と変わらぬ対応の主治医がいた。

ちょっとホッとして、今までのお礼を言うと、主治医はいきなり、「治ったら、どうやって治ったかをぜひ報告に来てください。お願いします」と言いだした。かなり驚いたが、私も「はい、絶対先生に報告しにきます」と答えた。

なぜだか心に迫る言葉だった。この約束は忘れてはいない。完治した日がきたら、あのビル街の精神科外来に行って先生に報告しようと決めている。

やはり私にとってはいい先生だったんだと思った。ただ私は病気を治したい。そのためにはこの病院ではダメなのだとも思った。体調は相変わらず悪かったが、あすさえ乗り切れば、転院先の病院に行ける。やはりどんな先生に当たるのかが気になって仕方がなかったが、半分はもうどうにでもなれ！　と思っていた。

翌日、予約時間の20分前に病院に着いた。思っていたよりこじんまりとしていたが、病院の中に入ると今まで行ったことのある病院のどこにもない雰囲気があった。受付を済ませ、外来の看護師さんが親切に待合室の場所まで付いてきてくれ、ここでしばらく待つようにといって去って行った。かなり待つことになると思いますと言われたが、時間のことより、どんな先生に当たるのかのほうが心配で、落ち着かなかった。

かなり時間がたっていたと思うが、案内してくれた看護師さんが、6番の診察室に入ってくださいと呼びに来てくれた。診察室の前に立つともうほとんど無心でドアを開けた。

パソコンのある机と椅子が2脚置いてあるだけの殺風景な部屋だった。いかにも診察室という感じだ。ちょっとふっくらとしたマンガのムーミンを思わせる、いかにも優しそうな雰囲気を漂わせた白衣を着た医師が笑顔を向けていた。

私は一瞬で当たりくじを引いたと確信した。初診はどこでも時間をかけてくれるものだが、特にここではよく話を聞いてくれた。こちらが話しやすいようにか笑顔で受け答えをしてくれ、この病院の方針なども細かく教えてくれた。何か質問はありますかと聞かれ、「私は治りますか?」と聞いた。先生は笑顔で「必ず治りますよ。時間はちょっとかかるかもしれませんけどね」といった。笑顔の中にも必ず治してみせるという自信のようなものを感じた。この先生に診てもらいたい。心からそう思った。

入院の話になり、開放病棟で大丈夫そうだから今ベッドの空きを確認するといってその場で確認を取ってくれた。空きがあるから明日からでも大丈夫と言われたが、それほど急に決まると思っていなくて準備が無理なので、2日後からということで入院が決まった。

「入院中も先生が診てくれるんですか?」と聞くと、「私が開放病棟の主任なんですよ」と笑いながら答え、「これから私が担当しますから安心してください」と言われた。

大当たりである! この先生なら必ず治してくれるだろう。気分が一気に晴れやかになった気がした。

任意入院手続き
——期待と不安と違和感と

入院当日、指定通り10時に診察室の並ぶ待合室に行く。診察室だけでも十数室ある。待合室も広いのだがすでに人で埋め尽くされていて、壁際には折りたたみ式の椅子がずらりと並べられている。

今まで通っていた病院は総合病院ということもあってか、スーツ姿のサラリーマンや小綺麗にしたおばさまが多かったが、ここは全く雰囲気が違っていた。誰もがどこか一癖ありそうな風貌で、あきらかにどこか病んでいそうな気配が漂ってくる。これからの入院生活にちょっと不安を覚えながら違和感を感じつつも、自分もたぶん他人から見ればこの中に溶け込んでいるのだろうなとは思った。

日本でも古くからある有名な精神科病院というだけあって、建物自体も古びた感じで、どこか憂鬱な気分にさせるような佇まいだった。ここでの入院は、これまでとは違うだろうなと感じていた。

開放病棟であるというのは安心だが、前の病院は開放病棟であることが基本だったのに対して、この病院では開放病棟は私がこれから入ることになる病棟1つで、残りはすべて閉鎖病棟とのことだった。入院患者と思しき人も行き来しているが、看護師に付き添われていたり、どこか挙動不審な感じを漂わせていた。

不安感がどんどんと強くなっていった。あの先生が診てくれるのだから大丈夫と言い聞かせても、周りの環境も大切だ。本当にこの病院でよかったのか？　自分だけが馴染めずにいるような感じがした。居心地の悪さを感じながら待ち続けていると、だいぶたってから外来の看護師が呼びに来た。

診察室に入る。相変わらずホッとするような笑顔で先生が迎え入れてくれる。これからの治療方針の簡単な説明のあと、これから私の担当となる看護師が診察室まで迎えに来てくれて病棟に連れて行ってくれることになった。担当看護師はまだ若い、いかにも人のいい好青年という感じの爽やかさを思いっきり振りまいているような人だった。先生と同様、常に笑顔を絶やさない。大きなスーツケースを慣れた手つきで持ってくれて、心配いらないですよなどと言いながら、病棟まで案内してくれた。

病棟は1階にあった。開放病棟とはいうが、ドアが開放されているわけではなく、いちいち扉を開けて出入りをするようだ。入ってすぐに広いミーティングルームがあった。大きなテーブルが何個も並んでいて、人影はまばらだったが、テーブルに集まって話し込んでいる集団がいる。

ひとり新聞を読んでいる者、備え付けられたテレビに見入っている人などもいる。だれもが寛《くつろ》いだ様子で少し安心はするが、やはり以前の病院とは患者の雰囲気が明らかに違う。特別変な人というのは見当たらないが、なんとなくみんな病気の匂いを感じさせた。

病院なんだから当然のことではあるが、やはり違和感は拭えない。ここでみんなとやっていけるのだろうか？　どうしても不安になる。

担当看護師はそんな不安を吹き消すように笑顔で、面会室と書かれた小部屋に案内してくれた。そしてお互い席に着くと、もう昔からの知り合いのような口調で病棟内の決まりごとや過ごし方、食事の配膳方法から入浴時間の決まり、洗濯についてなど、これからここで生活していく上での基本的なことを事細かに説明してくれる。

特にこれといって変わったところはない。「ゆっくり自由に休んでいればいいんですよ」と事もなげに言ってのける。堅苦しさは微塵も感じさせない。どこかが今までの病院の看護師とは違う。相手の心情を察して適切に対応してくれるようだ。若くてもプロだな、など思いながら話を聞いていると、ソーシャルワーカーという人がやってきた。自己紹介をして入院に関する書類を手渡される。

入院にはいわゆる自分の意思で入る「任意入院」の他にも「措置入院」「強制入院」などがある。それらは知識としては知ってはいたが、今まで任意入院が基本だったこともあり特に意識したことはなかった。それをあらためて説明され同意書にサインする。

そのほかにも、退院したくなった時は自らの意思で退院できるということが記された書類や、なんだかもう何の書類だったかも記憶にない書類にいちいちサインしていく。決して強制的な感じはなく、患者の人権を守るために必要なものなので…、とその意図を説明してくれ、すべての書類に目を通し、サインをした。

何か不安や理不尽に感じることがあったら、どんなことでも相談に乗りますから、いつでもおっしゃってくださいねと言って去って行った。

看護師がもうそろそろ先生が来ますから病室に案内しますねといってまたスーツケースを持ち、半歩だけ先を歩くような感じでこちらの歩調に合わせ、ほとんど並んで歩くように病棟内を進んでいく。そしてある病室の前で立ち止まり、ここが病室ですよといいながら、カーテンの開いた窓際のベッドにスーツケースを運んでくれた。

病室も古びてはいたが清潔感があり、ベッドと机やテレビなど病院ではおきまりのものが配置されていたが、スペースはかなり広かった。何十年前からあるのだろうかというほど古いロッカーがベッドスペースとは別に、入ってすぐの壁際に並んでいた。私用のロッカーの場所や鍵のやりとりをして、テレビの使い方の説明などを受けていると、先生が入ってきた。

「じゃあ、荷物検査いいですか?」と言われ、かなり戸惑った。いちいち入院に荷物検査があるとは思っていなかったし、下着など見られたくないものもある。なんだか疑われているようで屈辱的な気分になりながらも、スーツケースをベッドに乗せて開いた。

私は用途別にそれぞれ袋に入れて荷物を管理していたので、着替えの洋服以外はほぼ全て袋詰めに収納していた。スーツケースいっぱいに詰め込まれた袋の束を見て、先生は本当に感心した様子で、こんなにきちんと整理して荷物を持ってくる人は初めて見ましたと言って、それぞれの袋をこれは何ですかと確認し始めた。とりあえず袋の口を少し開け、これは洗面用具ですとか説明するだけで、いちいち中をのぞき込んだりはしなかった。

当然、院内は禁煙だが、開放病棟では外に出てタバコを吸う人も少なくないらしい。私はタバコを吸わないことはすでに申告済みだったので、チェックもかなり甘かったようだ。「ポケットとか何か入ってますか？」とは聞かれはしたが、ハンカチとＩＣカードだけですというと、拍子抜けするほど簡単に荷物検査が終わった。

「きょうはゆっくり休んでください。夕方またちゃんと面接しますから、何かあったらその時にお聞きします。明日からはいろいろと検査を受けてもらわなければなりませんから……」と言い残して去って行った。担当看護師も「何か不安なこととかない？　遠慮なく言ってね」などと旧知の間柄のように問いかけ、大丈夫ですというと、何かあったらすぐナースコールをするように言い残して病室を後にした。

入院（任意入院）に際してのお知らせ

殿

平成　　年　　月　　日

1　あなたの入院は、あなたの同意に基づく、精神保健及び精神障害者福祉に関する法律第20条の規定による任意入院です。

2、3－略－

4　あなたの入院中、あなたの処遇は、原則として開放的な環境での処遇（夜間を除いて病院の出入りが自由に可能な処遇）となります。しかし、治療上必要な場合には、あなたの開放処遇を制限することがあります。

5、6、7－略－

8　病院の治療方針に従って療養に専念して下さい。

病　院　名
管理者の氏名
主治医の氏名

任意入院同意書

平成　　年　　月　　日

精神科病院名
管理者　　　　　　殿

入院者本人　氏　　名　　　　　　　㊞
生年月日
住　　所

私は、「入院に際してのお知らせ」（入院時告知事項）を了承の上、精神保健及び精神障害者福祉に関する法律第21条第1項の規定により、貴院に入院することに同意いたします。

開放病棟で泣き続ける日々を経て

――塗り絵とお散歩、頓服飲んで

私は荷物を慣れた手つきでそれぞれロッカーに入れたり、引き出しに仕舞ったりしてあっというまにスーツケースを空にし、カーテンを引いてベッドに横になった。

緊張がとけ、寛いだ気分になって、窓際から見える景色に目をやった。大きな木々が立ち並び、小道を人が通って行く。1階だから誰かに覗かれたりしないのかと思ったが、そんなそぶりを見せる人は皆無だった。そこが病室になっていることすら誰も気づいていない様子だった。たとえ覗こうと思っても、構造上、病室は見えないようになっていた。

もう何年も前から自然とは無縁の生活を送ってきた。家も住宅街でほとんど自然とは無縁の場所だったし、部屋から出ることもほとんどなかった。前の病院はビル街の中にそびえ立つ大きな病院で、そこもまた自然とは全く無縁の場所だった。

久しぶりに木というものをまじまじと見た。風に葉の一枚一枚がたなびき、それらの集合体が深い緑の大きな木として存在感を漂わせていた。

「気持ちいいなぁ」

久々に感じる感覚だった。今まですっかり忘れ去っていた感覚が蘇ってきた気がした。

まだこの病院のことは何も分からなかったけれど、自分の選択は間違っていなかったと思えた。入院中に寛いでベッドに横になっているということが今までは考えられない感覚だった。入院はいつも苦痛だったし、衣食住に困らないための避難先だった。だがここは何かしら落ち着く雰囲気があった。待合室で感じた違和感も、一人で横になっているときには忘れ去られていた。

しばらく休んでいると、すぐに昼食の時間になった。昼食はミーティングルームの脇にある配膳室で配られるとは聞いていたが、どうすべきか躊躇した。遠くから人の名前を呼んでいる声がかすかに聞こえてきていた。取りに行かなければならないのは分かっていたが、起き上がる気になれなかった。

しばらく迷っていると、担当看護師がきて食事がきているけど取りに来られるかと聞いてきた。わざわざ持って来させるわけにはいかない気がして、しぶしぶ起き上がり、ミーティングルームに向かった。こんなに入院患者がいたのか…、と思うほど、多くの人が食事が配られるのを待っていた。大きなテーブルそれぞれに人が座り食事をしていた。受け取ってそのまま部屋に戻っていく人もいた。

私は前の病院に入院中いつもベッドで食事をしていた。ここでも食事を受け取ると、すぐにベッドに戻った。食欲はなかったが、食べないといろいろと聞かれるのは分かっていたので、主食には手をつけず、おかずだけ食べて、配膳室まで持っていった。

1日のスケジュールは書類として受け取っていて把握していた。薬は時間になるとミーティングルームで配ると説明を受けていたので、そのままミーティングルームで待つことにした。誰もが他人には無関心なようで、特に話しかけられることもなく、ボーッと突っ立ちながら、周りの様子を伺っていた。

テーブルのナースルームに一番近い席は自力では食事が困難な人が集まっているようだった。何人かの看護師が食事の介添えをしていた。そうかと思うと別のテーブルには、髪を染め、化粧をバッチリと決めた若者たちが楽しそうに話し込んでいた。一瞬、入院患者としての違和感はあったが、やはりどこかいわゆる普通の人々とは異質な感じが漂っていた。

以前の病院とは明らかに違っていたが、それでもどこも悪くなさそうに見えるごく普通の人も多かった。

薬は決まったテーブルで座った順に配られ、飲み終わるとすぐに席を立ち、他の人に入れ替わるという方法のようだった。テーブルから離れたところに立ち尽くし、様子を伺いながらいつテーブル席につけばいいのかまたもや躊躇していた。

みんな慣れた手つきで素早く配られた薬を飲み終え、席を立っていく。だんだん人の数も少なくなり、自分も薬をもらわなければ…、と席が空いたのを見計らって座った。初めて見る看護師がわざわざ自己紹介してくれ、薬を渡してくれた。急いで飲み終えると礼を言って、すぐに病室に戻った。

あのミーティングルームはどうも好きになれないな…、などと思いながら、また横になる。でもこの病室はホッとするなと、しみじみ感じる。やることもなくただボーッと時間を潰す。苦痛は感じなかった。

ずっと悩みに悩んでいた転院しての入院はたぶん良い結果をもたらしてくれるだろうと思えた。こんなに安らかな気持ちになったのは久しぶりだ。緊張の糸が一気にほぐれていくような気がした。


夕方というよりもう夜といっていい時間になってから先生に呼ばれた。ナースルームを入ってその奥に、それぞれの医師の部屋があった。先生の部屋に案内され、気分はどうですかと聞かれる。落ち着いていることを伝えると、今後の予定についての説明を受けた。まずは身体の検査がある。CTもMRIも撮ることになった。そのあと何日かかけて心理検査というものを受けるらしい。前の病院でも受けたことはあるが、1日で終わった。何日もかけて何を検査するのか疑問に思ったが何も言わずにおいた。

とりあえず、検査以外の時間は自由に過ごしていいとのことだった。初診の時の状態からだろうが、1日横になっているだけでもいいから、と言われた。

精神科病院といっても特別なことをするわけではないようだ。安心したような、拍子抜けしたような思いでいると、薬の話になった。

「これから薬は全面的に変えていこうと思う。もう少し整理して処方しようと思う」と言われ、それが薬の量を減らしていくことだということが前後の話から見えてきた。薬に関してはもう散々試したし、期待もしていなかったので任せようとは思ったが、眠剤については減らされては困るとお願いした。

今でも2～4時間しか眠れないのに、これ以上減らされたら眠れなくなってしまう。とにかくちゃんと眠れるようになりたいと伝える。先生は眠剤を飲んで眠れなければ夜中でも頓服を出すので、とにかく薬を変えてみましょうということで押し切られる。とにかく先生の言う通りにしてみようと納得する。

身体の検査は別段、問題もなく済んだ。心理検査は臨床心理士が担当となり、病院の別棟で行われた。知能検査のようなものから、連想ゲームのようなもの、記憶力の検査や絵を描かせる検査、ありとあらゆる検査が何日間かに分けて徹底して行われた。

詳細な検査結果は教えてもらえなかった。簡易的な一枚の紙にまとめられたものを渡してくれたが、「性格傾向」などほとんど自覚症状のあるものばかりで、べつに参考になららなかった。

前の病院でもスキゾイド傾向（分裂病質）が強いと言われていたし、最初にかかった心療内科では初診時の診断は非定型精神病で、なんどか問診を受けるうちに鬱病へと変更になった経緯がある。

どこかしら偏った性格傾向があることは自覚済みなので、だからといって動揺することもなかったし、それほどひどい病的気質を指摘されるようなこともなかった。ありふれた検査結果にあれほどの労力を使ったのか…、とちょっと拍子抜けするほどだった。

この病院の開放病棟は「急性期病棟」といわれ、症状が比較的軽いが治療に急を要する患者が入る病棟となっている。なので3ヶ月以上は原則としてはいられない。他の病棟に移るか、退院することになる。

私は最初から3ヶ月で退院を目標にと言われていたので、そのつもりだった。かなり長い気もしたが、ここで徹底的に治すつもりでいたので、覚悟は決まっていた。最初は検査や問診が重なり、その他の時間は横になって落ち着いて過ごせていた。このままならもっと早く退院できるのでは…、と感じ始めてもいた。

だが、やはり病気には波がある。ある日から突然、調子がおかしくなった。最初はなんだか落ち着かなくなり、じっと横になっていられない。我慢できずナースルームに行って調子が悪いことを伝える。まずは頓服を飲みましょうということになり薬を飲む。担当看護師が心配して話を聞きに病室まで来てくれる。病室には寝ている人もいるのでミーティングルームに場所を移し、話を始める。

特に原因があって気分がおかしくなった訳ではないので、理由の説明をしようもないのだが、そこが今までかかった病院とは違うところで、話を聞き出すのがうまい。決して無理に話を聞き出そうともせず、世間話なども交えながら、いつからそんな調子になったのかとか、今どんな感じかとか何気なく聞き出してくる。

最初は症状をうまく説明しようとか考えていたのが、そのうち今まで溜め込んでいたものが堰を切って流れだしてきた。

私はそれまで病院でも家でも一度も泣いたことがなかった。鬱病を抱えながらも、どれほど辛い時でも涙が出てくるという経験をしたことがなかった。それがなぜだかここにきて、一気に溢れだした。

とにかく辛いとしか説明しようがないのだが、訳もなく涙が溢れ出てくる。言葉にはならない状態の私を看護師はただじっと見守っていてくれる。

自分でもどうしてそんな状態になったのかが分からない。特に優しい言葉をかけられたわけでも、同情されたわけでもない。ただ今まで溜まっていたものが溶けだしたとしか言いようがない。

担当の看護師は少し落ち着いた状況を見計らって、「散歩に行こうか?」と唐突に誘い出す。いままでの病院では考えられない対応だった。毎日、木々の緑ばかり見ていて気がつかなかったが、外は満開の桜の季節だった。病院の敷地は広い。敷地内をぐるっと一周できるように遊歩道がある。外来で訪れたときには全く気がつかなかったが、敷地内には桜の木があちこちに植えられている。

私はその日初めて病棟から外に出た。待合室や受付を抜けて、屋外に出ると、目の前に巨大な桜が満開に咲き誇っていた。看護師と並ぶように歩き始める。「キレイだねぇ」とか「気持ちいいねぇ」とか、そんなありきたりな言葉しか掛けてはこない。それでもなぜか心が癒されていく。

泣きじゃくっていた自分が嘘のように、外の空気を浴びて春を感じている。特別何を話すわけでもなく、でもぽつりぽつりとたわいもない会話をしながら敷地内をゆっくりと一周した。

「もう一周まわってみようか?」そう聞かれて、看護師の忙しさに思いが到る。みんな休む暇なく動き回り、誰かの相手をし、頓服の用意をして飲ませる。その間にも容赦なくナースコールが鳴る。

「もう大丈夫…。今度はひとりで一周してみます」と伝えると、「そうかよかった、無理しちゃダメだよ」といって、病棟に帰って行った。私はまた同じ道をひとりで歩いてみた。一緒に歩いてくれた時のような安心感はなかったが、なぜ泣いたのかすら思い出せないほど気分は落ち着いていた。満開の桜の薄紅色は、木々の深い緑とはまた違った意味で感動を与えてくれる。退院する頃にはもう散ってしまっているんだな…。ふとそんなことを思い、深い悲しみが心のどこかにあることに気づいた。

その後もほぼ毎日、私は泣いていた。担当の看護師がいないときは、誰かが話を聞いてくれた。ここではどの看護師も患者と真剣に向き合ってくれる。どんなに忙しくて手が離せないときでも、時間を作って話を聞きにきてくれる。患者の状態に合わせてその時の最良の対応をしてくれるのだ。

先生は多忙を極めている様子だった。外来のほかに病棟の患者も診ている。毎日遅くまで残っているのを目にした。それでも必ず1日一度は話を聞いてくれた。それは短い時間だったが、看護師から日中の様子や眠れない日々が続いていることをちゃんと聞いて把握してくれていた。

先生から特に指示されることはなかった。治らない気がするという私に、「必ず治るから」といい、「焦ってはダメだ」とだけ言った。毎回泣き事をいう私に毎回、大丈夫だからと言い続けてくれた。

それでも私はどんどん深みにはまるように、日に日に訴える内容が深刻になっていった。1日に一度だけではなく二度も三度も頓服をもらわなければいられなくなっていた。辛抱強く話を聞いてくれる看護師に「生きてる意味がわからないので教えてくれ」と泣いて訴えた。看護師は真剣な眼差しで、「私は死なれたら悲しいよ。そんな思いさせないで欲しいな」と言ってくれる。

時間があれば散歩にも付き合ってくれる。誰も説教じみたことをいう人はいない。気分がいい時は看護師とのくだらない世間話が最大の気分転換になった。

だが、死にたいという気持ちは日を追うごとに強くなっていった。ただ実行には移さない自信はあった。先生にもそれは話した。信用しているからと答えてくれた。どれだけ泣いたか分からないが、本当に一生分の涙を流しきったというほどよく泣いた。だが、結果的にはそれが良かったのではないかと思う。

今まで溜まっていたもの全てを出しきり、それでも自分を守ってくれる人がいることを知り、信用してくれる人がいることも知った。泣くことによって今まで知らなかった、他人に甘えてもいいんだということを知った。社会では通用しないかもしれないが、私はもう社会から逸脱していた。病院という狭い世界の中でしか私の世界は回っていなかった。ここでなら受け入れてもらえるんだということは、私に安心とチカラを与えてくれた。不安定ではあったが、それでも目をみはるほどの回復力を見せ始めた。

だんだん発作的に調子を崩すことも減り始めた。たまにドカンと大きな波に飲み込まれることはあったが、日課のようになっていた波は落ち着き始めた。ただ患者とは誰とも関わり合いになりたくないという気持ちは変わらなかった。

日中もベッドでひとり横になっていると、すぐに波に飲まれそうになる。ひとりで散歩に出ることもあったが、1日は長い。それだけで時間は潰せない。

ある日の面接の時に先生に昼間何をしていいか分からないと言った。塗り絵がいいですよと先生は即答した。私はちょっと馬鹿にされているような気がして、そういうのはあんまりやりたくないと言ったが、今は大人用の塗り絵もあるし、時間潰しにはちょうどいいんですよと言って取り合わない。作業療法士の人に用意してくれるように頼んでおくからということになってしまった。

翌朝、さっそく担当の作業療法士だという人がわざわざ病棟に来てくれた。正直、乗り気じゃなかったが、断る勇気はなかった。いろいろなパターンの塗り絵を見せて気に入ったのを選んでねという。仕方なく私はなるべく単純そうな幾何学模様の塗り絵を選んだ。色鉛筆はナースルームで貸し出してくれる。私は色鉛筆を借り、自分の病室に籠もった。

もともと凝り性なところや、やりだすと止まらない性格もあり、いざ色を塗っていこうとすると、全体のバランスから考えなければならないことが分かった。人物像や植物画ならだいたい色も決まってくるだろうけれど、幾何学模様を選んでしまったから、色に決まりはない。全体のイメージをどうするかとか、何色を主体にするかとか、考えだすとなかなか塗り始めるまでに時間がかかる。

普段パソコンで仕事をしていた私は、間違えたと思ったらすぐにやり直しがきくのが当然のことのように思っていた。しかし塗り絵は色鉛筆で一度塗ってしまったら、消すことはできない。最初は馬鹿にしていたが、奥深い世界がある。いろいろと色のバランスを考えて、やっと色を塗り始める。

色鉛筆というのはかなり芯が硬くできている。私は色鮮やかに仕上げたいと思ったので、真剣に力を込めて塗らないとハッキリした色にならない。だんだんと真剣になってきた。ほとんど手付かずの状態のまま昼になった。あっというまに時間が過ぎていた。午後からは本気になって色を塗り始めた。薄いと思った色は二度塗りした。だんだんとイメージが形になっていく。

仕事を辞めてから、何か物事を完成させるということが無くなっていた。たかが塗り絵ではあるが、イメージを実現化させていくという行為は何年かぶりで味わった満足感だった。

いつしか私は塗り絵に没頭するようになった。慣れてくると完成までの時間もどんどん短縮されてくる。私は担当の作業療法士にまとめて何枚か欲しいとお願いした。快く応じてくれたその人にできたものを見せて欲しいと言われた。

私は引き出しにしまい込んだ出来上がった塗り絵を見せた。すぐに大げさと思える反応が返ってきた。職業柄かと思ったが、そばにいた看護師たちにも見せて回る。みんな大げさに反応する。

ただの塗り絵である。多少の上手い下手はあっても、それほどの違いなどないだろう。だが誰もがすごいと言って見入っている。最初は白々しく感じていたが次第に嬉しくなってくる。自分でも配色とかはよくできたと思っていた。

褒められて悪い気はしない。新たに幾何学模様ばかりを数枚選び、出来上がったらまた見せるという約束をした。

それからは日中もあまり横になっていることはなくなった。眠れない日々は続いていたので、だるくて起き上がれない時もあったが、以前のように死の誘惑や生きている意味に囚われることはなくなっていった。

桜はもうほとんど終わりかけていた。退院の日が近づきつつあった。まだ完璧とはいえなかったが、以前の自分に比べると、格段によくなっていた。

薬もかなり減っていた。退院してすぐに社会復帰は無理そうだったが、近いうちには元に戻れると思っていた。

毎日の面接もだんだん今のことより今後の話が出るようになってきた。まだすぐにどうこうできる段階ではないからと釘を刺されながらも、確実に快方に向かっていることは認めてくれた。

そして現実の退院についての話がでるようになった。日にちは先生の時間のある日ということですぐに決まった。このまま担当医として通院時も見てくれることも確認した。先生は何度も何度も「焦らずにいきましょう」と念を押したが、私はその言葉をかなり楽観的に聞いていた。

退院の日取りが決まると、その後の生活に対する不安感が押し寄せてきた。良くはなっているけど、まだ働けるほどではないのは自覚していた。こんなに元気なのにまだ生活保護を受け続けるのか…、それが一番のネックだった。

日雇いの仕事とかならできるんじゃないか…、思い切って先生に「働きたい」と言ってみた。まだ今はダメですとハッキリと宣告された。「働けるようにはなりますか？」と聞けば、いずれはちゃんと働けるようになれると答えてくれた。だが、いつになったらというのは分からないままだ。

病院では食事も時間通り用意され、何かあればすぐに助けてくれる人もいる。くだらないと思っていた塗り絵で1日を費やしていられた。ひとりになったらどうすればいいのか？　眠れないのは相変らず続いていた。

これからはひとりで眠れない夜を過ごさなければならない。眠れなくても病院では朝きちんと着替えて朝食をとっていたが、ひとりでそんなことができるのか？　日中はどう過ごせばいいのか？　身体は健康なのに働けない。でも寝込んでいるほどでもない。人から見ればただの怠け者である。

元気に回復していたのが退院日が決まった途端、逆戻りしはじめた。

しかし、「もう少し入院しますか?」この言葉が退院を決意させた。いつまでも甘えてばかりはいられない。自立した生活を送れるようにならなければいけないのだ。この病院は居心地がいい。だから甘えてしまう。いつまでたっても同じことの繰り返しだ。病気は確実によくなっている。自立しなければ。焦ってはいけないと口癖のように言われていたが、私は内心焦っていた。

退院当日、事務手続きも終え、ナースルームに挨拶に行って、「もう戻って来ないようにします」と挨拶をした。看護師は口々に、調子悪くなったら気楽にまた来ればいいよとか、いつでも戻っておいでとか言ってくれたが、本気にはしていなかった。入院生活はこれで最後にするつもりだった。目に見えて調子も良くなっていたし、良い先生にも巡り会えた。もう戻って来ることはないだろうと感じていた。

第5章　死への誘惑

退院したら元の木阿弥

——もう入院はしないと誓ったはずが…

退院してすぐに生活のリズムが狂い始めた。心のどこかで予期していたことだったが、もう少し自制心はあるだろうと思っていたが、甘かった。

何年もの入退院生活で、働けなくなってからかなりの年月が経っている。決まってやらなければならないこともない。夜は相変わらず眠れないままだ。朝はボーッとして布団から出られずにいる。当然、食事の時間もメチャクチャだ。

通院は週に1回と決まった。今まで隔週だったのが、週に一度は外出するようにはなった。しかしそれが逆に他の日にまで影響を及ぼすとは思ってもみなかった。病院までは片道1時間以上かかる。しかも主治医は病院内で一番多くの患者さんを抱えている先生だ。

それだけ人気もある。待合室にはいつも人が座りきれないほど待っている。その多くが主治医の担当だったりする。

予約制だが予約時間前に行っても2時間近くは待つことになる。電光掲示板に受付番号が表示される仕組みだが、いつまでたっても表示すらされない状態だ。

そしてなぜか私の診察時間は異様に短い。3分診療とはよくいうが、3分も話していないかもしれない。診察室に入っていくと、チラッと顔色を見て、今日はお元気そうですねとか、どうかしましたか？　とか切り出される。何か答えても返事は一言か二言。それでいて的確なアドバイスだったりするから、それ以上話が続かない。

これでちゃんと診察になっているのかと思うこともあるが、かなり前に口走ったことや、1ヶ月前の様子などちゃんと覚えてくれている。なんだか私ばかりが診察時間が短くて損している気もするが、だからといって、私自身そうそう話すことなどない。

だいたい1週間で劇的変化などないものだし、あればこちらが何か言う前に気づいてアドバイスしてくれる。診察室に入ったとたんにその日はどういう状態かを言い当てる。体調が悪い状態が何度か続くと、いきなり「入院してみますか？」とかいわれる。

なかには30分以上も診察室から出てこない人もいるが、いったい何を話しているのか聞いてみたい。私は先生が饒舌に話をするところを見たことがない。いつも的確な言葉で簡潔に話を終わらせる。人によって対応を使い分けているのかどうかは分からないが、診察している時間よりも、処方箋をプリントしている時間のほうが長いのでは？　と思うくらいだ。それでも薬は顔色を見て微調整したりしているから、先生の中ではちゃんと診察になっているのだろう。

様子が変だとその時は3分で診察は終わっても、次の診察までに前の病院のカルテまで遡ってチェックしてくれていたりする。だから診察時間が短いからといって何の不満もない。私は信頼して、満足して診察室を後にしている。

どうして先生だけがそこまで患者を抱え込んでいるのか疑問だが、先生は外来だけでなく、開放病棟の主任医師でもある。いわゆる病棟の責任者だ。そこまで忙しければ体調のすぐれない時もありそうなものだが、診察室に入ると必ず落ち着いたやさしい眼差しで第一声を発する。そして診察が終わると必ず処方箋を手渡しながら穏やかに「お大事に」といって見送ってくれる。嫌な顔というのをされたことがない。

薬は院外処方だ。そしてここでも延々と待たされることになる。そんな感じだから、診察は3分でも診察日はほぼ1日潰れることになる。その日はそれほどでもなくても、翌日は疲れ果てていて使い物にならなくなる。

退院の時に心配した、日中の使い方が日を追うごとにメチャクチャになっていく。何もしないでダラダラしているというのはラクそうに感じるかもしれないが、余計なことばかり考えている。しかも考えは悪いほうへ悪いほうへと進んで行く。働きもしないで私は何をやっているのだろう…、なんのために生きているのか…、生保で生きてるなんて迷惑なだけなんじゃないか…、もうこのまま病気が治らないんじゃないか…、いやこれは病気じゃなくて怠けているだけでは…、生きている意味が見つからない…、このまま終わりにしてしまいたい…、ラクになりたい…。

夜眠れないから朝起きられなくなって、時間がどんどんズレていく。眠れない身体のだるさを理由に昼も横になりはじめる。不思議なもので夜は薬を飲んでも眠れないのに、昼間横になっているとウトウトとできる。決して完全な眠りに入ることはないのだが、それが逆にふわふわとした感覚で、夢心地というのはこういうことをいうのかな？　などと思ってみたりする。

ただ、最初は夜の眠りの補充のような感覚だったものが、だんだん逆転してきて、昼間ウトウトするから夜眠れないになっていく。昼間ずっと横になっていると、夜になってから活動要求が出てくるようになる。薬を飲んだらすぐに布団に入らなければならないのに、いつまでも起きている。やることがないからとネットに繋いだりすると、夜の時間はあっというまに過ぎて朝を迎える。そこでやっと、寝なくちゃと思い出し、布団に横になる。カーテンは閉じきったまま何日も過ぎていく。

もうこうなると完全な昼夜逆転で、しかし週に1度の診察だけは行かなければならない。結局、診察日は徹夜で病院に向かうことになる。帰ってくると疲れ果て、そのまま布団に潜り込むが眠れないので夜中に起き出してネットに繋ぐ。どんどん疲れは溜まっていき、体調は最悪の状態になってくる。

ここまでくると当然、通院の日に診察室に入るなり、先生に見抜かれる。「入院したほうがよさそうですね」。穏やかにだが、確信に満ちた様子でこちらの返事を待つ。ただ、私はもう二度と入院する気はなかった。確かに入院すればラクになるのは分かっている。

ただまた同じことの繰り返しが始まるのが怖かった。入院生活が心地いいものだっただけに、余計もう普通の生活に戻れなくなるという思いがあった。

「入院だけは嫌です」とハッキリ伝える。無理強いはしないが、では様子をみましょうということになった。そして昼間は横にならないようにと言い渡される。夜がますます眠れなくなるからという理由だった。納得はできたが、約束する自信はない。なんとか頑張ってみますとだけ答えて、診察室を後にする。

モヤモヤとした気分が一向に晴れない。規則正しい生活をしなければならないのは分かっている。だけど身体が言うことを聞かない。でもこのままだと本当に入院させられるな。自分が甘えているだけなのも自覚していた。なんとかしなくては…。

朝なんとか起き上がる。身体が鉛のように重い。それでもなんとか布団から抜け出し、昼間寝ないようにと布団を押入れに押し込む。朝のうちはなんとかそれで耐えられるのだが、そのうち椅子に座っていられなくなる。

床に座り込みそのままでいようと思うが、ほんのちょっとだけ横になりたい、という誘惑に負けてしまう。床に直接横になると肩や腰の骨が直接床にあたって痛い。だが身体の重さは和らぐので、床の上で何度も身体の角度を変えながら要するにゴロゴロとしている。布団で寝ているわけではないから、ということを言い訳にして、しばらくゴロゴロと過ごす。決して快適なわけではないが、座っているよりは断然ラクだ。

ただそれほど長時間、横になっているのも身体が痛くて苦痛になる。また気を取り直して椅子に座る。机に向かってもやることはネットサーフィンくらいだ。なんとはなしに2ちゃんねるを覗く。普段は2ちゃんねらーとか軽蔑しつつも、何かあるとつい覗いてしまう。いかに彼ら2ちゃんねらーから生活保護者が軽蔑されているかを自虐的に見ていく。ほとんど人間の扱いを受けていない。不思議と怒りや反論といった感情は起きないものだ。かなりぐさりとくる言葉もあるが、だからといってそれほど真剣に傷つくわけでもない。むしろ、ああやっぱり人間として最低だなぁということの確認作業を行っている感じだ。

「受給者だからといって卑屈になる必要はない。胸を張っていればいい」などという詭弁めいたものより、よっぽどスッキリする。本当に世間に向かって私は生活保護受給者ですなどと胸を張って言える人間がどれほどいるというのか？　みんな卑屈な思いを抱え、ばれないように必死で隠して生きているのだ。

どんな理由があるにせよ、人様のお金で生きて行くことは耐え難い屈辱なんだ。胸を張れというのは間違いだ。世の中の人が必死で働いて払った税金を食い物にしているのだ。感謝しろと言うべきだ。バカにしきった書き込みのほうがよっぽど真実味がある。

あえて傷口を広げるような真似をして、書き込みを読んでいく。あぁ、本当に生きていないほうがいいのかもなぁ…、などと考えながらも、まだどこか気持ちに余裕があったのだろう。

続いて、自殺した芸能人ネタなどをYouTubeで眺める。ずっとテレビのない生活を送っているから知らないことも多い。みんな結構若くして亡くなっている人が多いなぁというのが発見だった。なんとなくわかる気がした。歳をとってくると抱えるものが多くなる。勢いだけで死を選択できなくなる。

私が鬱を発症したのは30代も後半にかかろうかという頃だ。希死念慮は幾度となく出てきたが、本気で実行に移そうと思ったことは一度もない。もっと若くに発症していたら、苦しみから逃れるために発作的に実行していたかもしれない。

ただ、この歳になると年老いた親をどうするつもりか、きょうだいや甥や姪にまで傷をつける、どんな死に方を選んでも人に迷惑をかけない死に方などないことも理解できるようになっている。結局は自死は自分の欲求を満たすためのもので、必ずだれかに迷惑をかけることになる。いつかは必ず死を迎えるのに、エゴのために他人を巻き込むだけの理由など、本当にあるのか？

自殺は究極のワガママ以外の何物でもないと思っている。だが、言葉にすればワガママで済むものも、それを上回る感情がある。それでも、そうやって他人事のようにワガママと切り捨てられるか？　まだ私には答えは見つかっていない。

死にたいという欲求と理性とがぶつかり合って、このまま気が狂うのではないかという思いを何度となく体験した。今こうやって生きているのは決して理性が勝ったわけではない。ただ弱さが幸いして実行に移せなかっただけかもしれない。

取り憑かれた電話
——深夜の電話相談

何のきっかけかは分からないが、私は世の中にたくさんの無料電話相談があることを知った。最初はただの知識としてネットで見たりしていただけだった。実際に電話をかけてみようとは思ってもいなかった。私には信頼できる先生がいたし、相談事があれば毎週聞いてもらえる。電話相談とはそういった信頼できる相談相手のいない、まだ病院に行く前の人や、医師を信頼できない状態の人が相談するものだと思っていた。だからかなり他人事としてみていた。

そしてもう一つの理由が、どうしても私はカウンセラーという人とうまく意思の疎通ができないというものだった。正確には私はきちんとカウンセリングを受けたことがないが、入院していたときに実験的にカウンセラーと話したことが2度あった。それぞれ別のカウンセラーで、話をした時期も全く違う。ただ、治療に行き詰まっているとき、カウンセリングはどうかという話になり、ちょっと話だけでもしてみたら、ということだった。

二人とも女性のカウンセラーで物腰は柔らかかったが、どこかで本気で親身になって聞いてくれるというよりも、客観的に見てその人にはどういう対応をすべきか考えながら対応されているような気がして、本音を語る気になれなかった。

当然、カウンセラーは仕事だから客観的に話を聞かなければならないことは分かる。情に流されてはいけない職業だろう。だが、こちらは必死の状態だ。とにかくこの気持ちをわかってほしいという思いが強い。一緒になって辛い思いをして欲しいわけではないが、ちゃんと〝共感〟してほしいのだ。

だがカウンセラーという職業は、クライアントの言うことに理解を示しつつも、冷静な判断が常に求められているのだ。クライアントの感情に巻き込まれるわけにはいかないのだ。

私は会って挨拶するなり、その距離感を感じ取ってしまう。そして気持ちが冷めてしまい、決して本音は話さないようにしようなどと心に決めてしまう。まだ何かを話す前から信頼関係を築くという最初のハードルが越えられない。

最初のカウンセリング体験からかなり時間がたって、私の状態も初めよりかなり悪化している時に2度目のカウンセリング経験をしたのだが、結果は同じだった。全く雰囲気も年代も違うカウンセラーにもかかわらず、最初に会った瞬間にもう拒絶反応が出ていた。

カウンセラーに見えない幕を感じてしまう。その見えない幕は目には見えないけれども、雰囲気で察知できるもののような気がした。たった2度の経験で、カウンセリングに関わる全ての人がそうだというわけではない。ただ私にはカウンセリングは向いていないとはっきりと思った。

今の病院でもカウンセリングは行われているが、先生は最初からあなたには向いていないと思うから受けなくていいですよと言ってくれた。あぁ、やっぱり向いていないんだなとその時自分の判断が間違っていなかったと少し嬉しかった。

そんな経験があるから、電話相談でのカウンセリングなんて、私には絶対向いてないと確信していた。ただ、なんとなく気になっていることは確かだった。その時は別段相談したいことがあるわけでもなく、ただの興味本意だったのだが…。

先生にも再入院を勧められ、拒否はしていたが、調子はかなり深刻な状態だった。入院のことが常に頭の中にあった。もう入院はしたくないという思いは強かったが、入院中に体験した手厚いケアを思い出すと、戻りたいという本音も認めざるを得なかった。次回の通院までまだ5日あった。それまでに結論を出さなければならないという焦りと、今すぐにでも先生に会って話を聞いて欲しいという思いがあった。

どうすればいいのか考えあぐねていた。冷静な思考ができる状態でもなかった。昼間はいいのだが、日が暮れ始めると途端に訳の分からない感情がわき起こり始める。もう治らないのではないのか？　先生は診察以外のときは私のことなどどうでもいいのだ。もうこれから先、生きていてもいいことなんて何も起こらない。友達も全て失くしてしまった。私には何もない。生きている意味もない。だれかラクにしてくれないか。もういやだ、ラクになりたい。

どんどん感情が高ぶっていくのが自分でもわかった。出されている頓服を倍量飲んだが効き目は全くない。私には薬が全く効かない。もう絶望的な気持ちしかなかった。だれかに助けてもらいたかった。先生に会いたいと思ったが、無理なのは分かっていた。もう誰でもよかった。でもすでに友人とは連絡を断ち切っており連絡できない。たとえ連絡がついたとしてもこんな気持ちを理解してもらえるはずがない。

ラクになるには死ぬしかない。でもそれは出来ない。眠剤を大量に飲めばもしかしたら眠れるかも。だが心のどこかにまだ理性が残っているようだった。オーバー・ドーズはしたくない。どうすればラクになれるか、もうほとんどそれしか考えられなくなっていた。先生なら教えてくれるはず、そう思ったが、もう病院には電話は繋がらない。

だれでもいい、だれか助けてくれないか。本当にもう誰でもよかった。ラクになれるならどうなってもいいと思った。だが死を考えるとどこかに潜んでいた理性がそれだけはダメだと感情を押し込める。でもラクになる方法は自分から逃げ出すことしか思いつかなかった。

死んだらラクになれるのに、それすらできない。

この苦しみにこれ以上耐えられない。

延々と繰り返す出口のない苦しみに耐えながら、ふと電話のことがアタマをよぎった。

いきなり机にかじりつきパソコンを立ち上げる。起動時間にイラつきながらも一点の光が見えてきた感じがした。起動するとすぐにネットに繋いで、「精神　電話相談」と検索した。

「いのちの電話」を筆頭に各自治体のやっている電話相談や、なにやら怪しげな電話相談などが出てくる。とりあえず手堅いところで自治体の電話相談のページにアクセスする。住んでいる地域によって相談場所が異なるようだ。とりあえず、該当する電話番号を探しあてる。

一瞬の躊躇はあった。この錯乱した状態をなんと説明すればいいのか、助けてほしいだけなんだが、だがもう誰にでも繋がりさえすればよかった。緊張しつつもプッシュボタンを押す。すぐに誰かが出てくれるものと思ったが、流れてきたのは淡々とした若い女性の声で、電話が混み合っていること、再度かけ直すようにという非情のアナウンスだった。

だが、一度かけ始めたからには諦めがつかない、再度プッシュボタンを押す。流れてくるのは先ほどと同じアナウンス、間髪入れずにまたボタンを押していく、何度かけても混み合っているのアナウンスが続くばかり。

そんなに困っている人がいるのかと思いながら、電話を休むことなくかけ続ける。淡々としたアナウンスが無性に腹立たしい。精神的にトラブルがあって電話をかけてきている人間の心理を考えているとは思えない、まるで突き放すように電話が混み合っていることを冷たく言い放つアナウンスに対して、身勝手にも行政の配慮のなさを感じつつも電話をかけ続ける。

ほとんど機械的に電話をかけては切り、またすぐ掛け直すことを繰り返していた。もう目的は電話が繋がることだけで、相談がどうこうなどということはアタマから消えていた。とにかく誰かに繋がりさえすればよかった。何度かけたかも分からないが、延々とかけ続けてはアナウンスが流れるということに慣れきっていたところ、いきなり電話が繋がった。

声の小さな女性が、どこの区からかを聞いている、自分の住んでいる区を告げ、初めてですかの問いにハイと答える。ずっと電話をかけ続けている間に、最初の取り乱したような状態からは脱していた。「どうしました?」というありきたりの問いにどう答えていいか分からず、もうラクになりたいとしか考えられなくて…、と答えた。

相談員は、いつからそのような状態になったのかとか、今はひとりかとか聞いてくる。とりあえずなんとか状況を説明しなければと思い、夕方からおかしくなり始めたこと、病院で出されている頓服を飲んだが効かないこと、どんどん苦しくなってきて、もうラクになりたくなったことをできるかぎり冷静に話した。

相談員は、病院に通っていることに安心した様子で、明日にでも急患として診てもらえないか明朝に確認するようにと言い、とりあえずきょう一晩乗り越えれば病院のほうでなんとか対処してくれるだろうから、まだちょっと早いけど、きょうはお薬を飲んでもう横になったらどうかと言う。

睡眠障害で薬が全く効かず、2～4時間眠れればいいほうなので、今薬を飲んでも無駄だと思うと伝えたが、事の深刻さを分かっていないようで、横になるだけでも少しはラクになると思いますよとアドバイスしてくれる。内心じっと横になんてなっていられる精神状態じゃないと思いながらも、これ以上話しても無駄だなと感じ始めていた。

たぶん決められた時間があるのだろう、なんとなく早く話を切り上げたい様子が伝わってくる。ただとりあえず落ち着くように考えてくれているのは伝わってきたので、こちらから礼を言って電話を切った。

求める答えは全く得られなかったが、それでも少し冷静さを取り戻した。たかだか数分話しただけだったが、それでも誰かに繋がったことで、死にたい衝動からは少し気が紛れた気がした。どこの誰とも分からないことが、案外知っている人に話すよりも気安く話せるのも発見した。

まだ夜には早かったが、なんとなく言われた通り横になってみようかな、と思った。いま薬を飲んだら眠れなくなるだけだと思ったので、ただ布団の中で横になることにした。効果は期待していなかったが、身体にそうとうチカラが入っていたのか、横になると少しラクになった。

余計なことを考え始めると、また精神状態が悪化するのは確実だったので、入院中のことを思い出してみた。退院からそれほど時間は経っていないが、あのころはまだ桜の季節だったのを思い出し、妙に懐かしく感じた。今は通院以外で外に出ることはめったにないが、入院中はよく散歩したなぁなどと考えていると、入院したらまた元気になれるだろうけど、家にいるときに元気になれないと意味がないことに改めて気づいた。やっぱり入院はやめておこうと決心がついた。

次の診察では一人の時にどうやって生活していけばいいかを聞いてみようとも決めた。入院していた時より確実に悪くなってきている。しかもどんどん酷くなってきている。これを通院で治す方法を見つけないと、いつまでたっても同じことの繰り返しになる。そこまでは自力で分かるが、だからどうすればいいのかが分からない…。

先生は焦るなというけれど、もう転院して半年以上経つ。でも確かに薬は大幅に減ったよな、半分以下だ。眠剤はもう少し増やして欲しいけど、先生ああみえて頑固だからな。せめてゆっくり眠れるようになったら、生活の質ももっと上がる気がするのだけど。もう眠剤は飲み始めてから10年以上経っている気がするなぁ。なんでこんなことになっちゃったんだろう。でも転院してよかった。そうじゃなきゃ、いまでも山盛りの薬を飲み続けていただろうし。早くあの元主治医に完治の報告に行きたいな。悪い先生ではなかったし、完治したといえばたぶん喜んでくれると思う。いつになるんだろう。先生は絶対治るというけど、また入院を勧めてるし。

死にたい思いはすっかり影をひそめてくれた。他人の意見も聞いてみるものだと思う。

ただ、落ち着いたのは横になったからというよりも、いざという時の切り札が見つかったことが大きかったのだと思う。誰とも繋がらなかった電話が意味を持ち始めた。無料電話相談があることが分かった。電話さえあればいざというとき誰かにつながる。これは心の支えになる重要な出来事だった。そして次第に電話相談に取り憑かれていくことになる。

深夜3時は大忙し

——電話相談は早朝が狙い目？

診察時に、入院はしないとはっきり宣言した。先生は、まあダメだと思ったらいつでも準備するから、とだけ言ってそれで入院の話は終わった。私は自宅での過ごし方について質問した。夜になると調子が悪くなってどうにもならなくなることを付け加えた。「朝起きて、夜は12時前に布団に入ること」それだけ？　そんな思いが顔に出ていたのだろう。「今はそのくらいが精一杯でしょ？」といって診察は終わった。相変わらずの3分診療だ。

でも確かにそれ以上要求されても何もできないなと妙に納得して、どうしてそんなことまで分かるんだろう？　とまるで私のことをなんでも分かってくれているような安心感を覚えた。

先生は今できる範囲のことしか要求してこない。ダメなことはそれはダメですと容赦ないが、無理なことは言わない。しかもその時の状態を見て、今までダメと言われていたことも、いいことにしてくれたりする。昼間横になることはダメなことだが、本当に調子が悪い時は何も言わなくても先生のほうから昼間横になっててもいいけど、カーテンだけは開けてね、とハードルを下げてくれる。


入院の話はとりあえずなくなったが、夕方から徐々に調子が悪くなり始め、夜になると決まって死への誘惑がやってくるようになっていた。先生との約束通り、朝はほとんど眠れていなくても起きるようにした。

ただ、夜12時前に布団に入るというのは地獄だった。死にたい思いばかりが募って、横になっていると気が狂いそうになる。じっとしていられないのだ。

布団の中でジタバタともがき苦しみ、結局耐えられなくて布団から起き上がって電気をつける。誰かに助けてもらいたい、ネットにつなぎ24時間やっている電話相談を探す。24

時間やっているところとなると限られてくる。

だいたい精神にトラブルを抱えている人で規則正しい生活ができている人というのはなかなかいないだろう。昼夜逆転型が大半なのではないか？　だから夜中の2時から3時くらいまではそういう人間にとっては、いちばん起きているのにどうしていいか分からないピークの時間帯ではないか？

深夜1時くらいまではテレビもやっているし、気を紛らわすことがいくらでもある。電話もそれくらいまでなら、恋人や友達が付き合ってくれる。だが2時を過ぎたあたりから雲行きが怪しくなってくる、もう電話するには遅すぎる、寝るに眠れないし、やることもない。

考えることはどんどん悪い方向にはまっていく。でも誰かと繋がりたい、そこで考えるのが電話相談だ。ひとり夜中に起きていると、なんでもないことからどんどん考えが飛躍しだして、自分ひとりの世界にはまり込んでしまう。自分の周りには助けてくれる人が誰もいない。どうしていいか分からない、孤独の絶頂の中で助けを求めることになるのだ。

全国の働いていない病んだ心の持ち主たちが、一斉に動きだす時間がちょうど2時から

3時くらいになるのではないか？　だいたいそんな時間に24時間の電話相談に電話をかけても、ほぼ100％話し中だ。しかもやることがないから、何度も掛け直す。

ほとんど中毒のようなもので、話し中だから明日にしようとかは考えない。繋がるまでかけ続けようとする。だからくじ引きのようなもので、運良く繋がれば話を聞いてもらえるが、何度かけても話し中で結局、朝方まで粘っても繋がらず、絶望的で投げやりな気分になって、ようやくふてくされながら寝ることになる。

昼間はたいてい寝ているか怠惰な生活を送っていたりするので、昼間かけるのはある意味、深刻度の高い人だったりもするのだろう。

私も最初の頃は24時間の言葉に踊らされ、夜中に電話して繋がらないという思いを何度もした。どうしても夜中になると死にたくなるのだから仕方がない。そこで粘ってでも繋がればいいのだが、何度かけても話し中だと、自分が拒絶されているような気がしてますます気分が悪化してくる。電話にすら相手にしてもらえないなんて生きていても仕方がないとか、訳の分からない思考にはまっていく。

昼間の冷静な時に考えると、悪循環に陥っていることが分かる。ただ夜中になるとその冷静さを失ってしまうのだ。確かに藁をもすがる思いでいるのだが、どこかで誰かに繋がりたいという甘えがある。もっと本気の緊急事態に直面している人もいるはずだが、電話線で緊急度を計ることはできない。結局、運よく繋がるかどうかになってしまう。せっかく24時間、相談窓口を開いて緊急事態に陥っている人を救いたいと思っても、話し中という方法で拒絶されたと思われてしまうこともあるわけだ。

昼間は死の誘惑は鳴りを潜めていることが多いので、電話で繋がることで救われようとするのはただの甘えだから電話はしないと決める。もっと必要としている人がいっぱいいるはずだとも考える。だが、だんだん気持ちがぐらついてくる。

夜の12時にいったんは布団に入る。だが目が冴えて眠れない。そしてちょうど2時から3時にかけて誰かに助けてもらいたい思いがピークに達する。だが、また話し中で拒絶されるだろうと思うと、だんだん電話をすること自体が恐怖になってきた。どうせ繋がらないなら電話せずにひとりで乗り切ったほうがいい。そう思って電話を我慢して朝まで乗り切った。

なんだかんだいってもそのまま2時間ほどはウトウトしていたようだ。5時くらいに起きだしたが、気分がやけに重い。こんな生活がいつまで続くのだろうと絶望感に襲われた。

もう元の生活には戻れないという現実に直面し、取り返しのつかない人生を歩んできてしまったことに気がついた。いまさら嘆いてももう取り戻しようがなかった。病気が治ればなんとかなると思っていたが、いまさら治ったところでもう何もかも失ってしまっている。当たり前のことに気がつかないまま全てを病気のせいにしていた。病気さえ治ればもう苦しみはなくなると思い込んでいた。だが冷静に考えれば誰にでも分かることだ、失くしたものは取り戻せない、病気が治ったらまた一から作り上げる努力をしていかなければならないのだ。

まだ治る見込みすら立っていないのに、それを乗り越えたら、また試練が待っているのだ。どうしてそこまで耐えなければならないのか？　そこまでして生きていたくなどない。生きていくことにそんなに意味があることなのか？　夜の暗さよりも朝日の輝きが残酷な運命を照らし出しているように思えた。

生きる気力を失っていた。だが自らの手で死を選ぶことはできない。ただ怖いだけなんじゃないかという気がしてきた。死と本当に向き合うのが怖くて言い訳しているだけなんじゃないか。だが例えそうであっても自分の手で死を選ぶことはできない。

でも生きることのほうが死ぬことよりもよっぽど辛いことのようにしか思えない。死を選べば一瞬でことが済む。この先何年かかるか分からない病気と闘い、その後は生きるために戦っていかなければならない。

〝生き地獄〟という言葉に行き着いた。これ以上ぴったりの言葉はないと思った。死にたいと心の底から思った。もう病気を治してとか、そんなことはどうでもよくなった。本気で死にたいのに何かが邪魔をしている。その正体がただの恐怖なのか、理性のかけらなのか。

いくら考えても答えは見つからなかった。誰かに答えを教えて欲しかった。先生ではダメだと思った。すぐに入院手続きを取られてしまうだろう。

死について詳しい人、その時24時間電話のことを思いついた。今6時過ぎだ、普通の電話相談はまだやっていない。プッシュボタンを押した、電話はすぐに繋がった。たまたま運が良かっただけかもしれない。ただこの時間帯が狙い目であることは推測できる。深夜族はちょうど眠りに入った頃だろう。規則正しい生活をしている人は電話などしている時間などないはずだ。ちょうど隙間の時間帯。

電話自体は相談内容が内容だけに〝答え〟は教えてもらえなかった。ただなんとか死への思いを留まらせようとしてくれているのは分かった。私は「死にたいのは本気だけれど絶対実行はしませんから」と伝えた。相手は悪いことだけじゃないから希望を持ってとかいった、いい意味でも悪い意味でもよくある励ましの言葉をいろいろとかけてくれた。熱意は十分伝わって、感謝の言葉を述べて電話を切った。

ただその時の私にはどんな言葉も生きる気力を与えてくれるものではなかった。電話をかけるたびに感じる、結局は他人のことはお互い理解し合えないという思いをますます強く感じて終わった。

半狂乱で泣きながら

——朝方まで4時間付き合ってくれたカウンセラー

人生は取り返しのつかないところまで来たことに気づいてから、何も手につかなくなった。朝の電話で誰かに相談したところで答えなんか出ないというのは分かっていた。ただひとりでいると同じことばかり、解答のない問題を必死になって考え続けているような状態に陥っていた。

答えなんて存在しないんだ…、ということは心のどこかで分かってはいた。落ち着かなければ、と頓服を多めに飲んでも一向に効果はない。

もう心身ともに疲れ果てていた。これ以上の苦しみにはもう耐えられないと思った。誰も助けてはくれない。すべて自分の問題だ。何もかも忘れてしまいたい。今までのこと全て無かったことにしてしまいたい。

途中までの人生は幸せそのものだった。いったい何がいけなかったのか？　どこで道をまちがえたのか？　いまさら考えても無駄なことだ。いまさら原因が分かったところで、なんの意味もない。もうすでに10年という時間を無駄にしてきた。もう戻れない時間。一番人生が充実しているはずの時間を私はすべて棒に振ってしまった。

ほかの人たちはきっと充実した人生を送っているだろう。だれも私が鬱病患者で生活保護をもらって生きているなんて想像もしていないだろう。何もかもが狂ってしまった。

もう未来なんてない。あるのは、ただ苦しみだけだ。たとえ苦しみから逃れられたとしても、10年間も無職で引きこもりだった50歳近い女を雇おうというところがあるとは思えない。

どうやって生きていけばいいのか？　若者ですら仕事のないこの時代に生活の糧を見つけることができるのか？　今まで自立したい、自立したいと言っていたけれど、現実のことなんて何も考えていなかった。病気さえ治れば、自立できると思っていた。考えが甘すぎる。健康な人でさえ就職難なのに、仕事なんて見つかるわけがない。未来なんてどこにもない。

朝からずっと同じことばかり考えていた。食事はこのところほとんど取っていない。それでも一向に空腹感は湧いてこない。もう疲れ果て、何も考えられなくなってきた。身体は重く、支えていられない。外はそろそろ日が陰り始めようかという頃だ。

布団にドカッと倒れ込んだ。掛け布団をアタマからすっぽりと覆った。身体を亀のように丸めてじっとしていた。この格好はアタマまで固まり、今まで渦巻いていた思考さえ止まった。かなりの間、そのままの体勢で息をひそめるようにして、やり過ごした。

だんだん気分の波も治まってきて、思い切って体を反転させて仰向けに横になった。フッーっと息を吐き、手足が伸びるのを感じる。身体のチカラを徐々に抜いていくと、体重がすべて布団にかかり、ラクになった。

目をつぶり、じっとしていた。すべての出来事が遠のいていくような感覚になり、一瞬ウトウトとしていたようだ。きょうはこのまま寝てしまいたいと思い、ごそごそと起き出して薬を飲みに行った。戻ってまた布団にもぐり込み、何度か体勢を変え、一番ラクな姿勢をとった。

そうとう疲れていたのか、目をつぶってしばらくすると、またふわっとした感覚に包まれ、眠りに入った。

だが、それが悪夢の始まりだった。何度もうなされて寝返りを打つ。訳の分からない巨大な黒い渦に巻き込まれていく。渦の中に引き込まれるように流されていくと、さらに巨大な渦が口を開けている。渦の中はコールタールでできているようで、身体中にまとわりつき、身動きがとれない。渦の奥にどんどんと引き込まれていく。ブラックホールのようにどこまで行っても出口はない。

恐怖心と不快感に包まれながら、ハッと目覚める。全身が脂汗でじっとりと濡れている。夢だったという安堵感よりも、どす黒い感覚が残ったままで、気分が深いところに落ち込んだままだ。夢で見た渦がそのまま現実の感覚となって残っている。

自分がいったいこの先どこに行くのか？　暗い闇の渦の中を進んでいくのだろう。最悪の目覚めだった。夢や希望どころではない。これからどんどんと今までよりも深い闇に落ち込んでいくしかないんだ。それは延々と死ぬまで続くのだろう。もうそれならば、ここで終わりにしてしまいたい。

またもや現実からの逃避が始まった。もうこれ以上は耐えられないと思った。身体が硬直して震えだす。抑えようとしても治まらない。叫びだしそうになりながら、このままでは気が狂う…、と思う。冷静にならなければという理性は働くのだが、方法が見当たらない。今すぐにでも気が狂いそうだ。

近所の交番に助けを求めに行こうか…、そう思うが身体が動かない。救急車を呼んだら来てくれるのか？　だが身体に異常があるわけではない。誰に助けを求めればいいのか…、病院には連絡がつかない。

あすの朝までは耐えられそうにない。本気で気が狂うと思った。だれかに助けを求めなければ…。

どうやって調べたのかは全く覚えていないのだが、どこかの電話相談に電話した。たぶん深夜12時を回った頃だったと思う。普通ならどこも回線が混んでいて話し中の時間帯だが、電話はすんなり繋がった。

私は「気が狂いそうで、どうしたらいいのか分からない」という趣旨のことを口走っていた。切羽詰まっていた。ほんとうに一刻を争うような状態だった。電話口でもそれは伝わったのだろう。とりあえず、落ち着かせようと今の状況などを聞いてきた。

気が狂いそうだということばかりを何度も訴え続けていた。延々と続く訴えを、それでも落ち着かせようといろいろな言葉を投げかけてもらっているうちに、次第に話ができるようになってきた。

もうこれ以上辛い思いは我慢できない、死にたい、と言った。どんなに辛い状況でもひとりで家にいるときに涙を流したことはなかったが、病院で泣きまくっていた頃のように、自然に涙が溢れてきた。

泣きじゃくる私に相手は優しい言葉を投げかけながら、私が落ち着くまでこれといった話をしてくることもなく、根気よく励まし続けてくれていた。

ふつう、電話相談はどんなに深刻な話であっても、ある程度の時間で話を切り上げるようになっている。だが、その相談先が柔軟な体制だったのか、その時が特別だったのかは分からないが、全く時間を気にするそぶりもなく対応を続けてくれた。

泣きながらもなんとか話ができる状態まで落ち着いてくると、今までどれほど辛い思いをしてきたかを延々と話しだしてしまった。それを特にさえぎることもなく、相槌を打ちながら聞いてくれる。そんなに辛い思いを今まで我慢してきたのは偉かったね、などと言われ、また涙が溢れてくる。

もうこれ以上は耐えられないと思う、もうラクになりたいということを何度も繰り返す私に対して、説教くさいことは何も言わず、そんなに辛いんだねと同意してくれる。

死にたいのは本気なのにどうしても実行に移せない自分がいることを告白すると、それはすごく立派なことだと褒めてくれる。死ぬより辛い思いを耐えてるんだね、気が狂いそうなのにそれでもちゃんと生きているのは立派だよと励まし続けてくれる。

話は何度も元に戻ったり、同じ話の繰り返しだったりで時間がどんどん過ぎていく。私としてはひとりでは耐え切れないという思いがあるのでありがたいことではあるが、普通そんなに長くは相手をしてもらえない。いったいどこの電話相談に電話したのかまったく分からないのだが、時間を気にする素振りは全くない。

どうして死んではいけないのか？　そんな質問を投げかけるが、真剣になって考えてくれる。世間一般の答えなどでごまかそうとせず、こういうふうに考えてみたら？　とか、こう思うんだけどどう思う？　など対等に話し合ってくれる。そして、こうやってお互い繋がり合えた相手が死んでしまったら、すごく悲しいということを本気で伝えてくれる。こうやって繋がったことで一時でもラクになって欲しいと思っていると言われ、私はひとりだったらたぶん気が狂うか死んでいたと思うと伝える。本気でそう思った。

まったく身も知らずの相手は仕事かボランティアでやっている電話相談だったのだろうが、なんとなく分かり合えたような気がしてきた。私はいろいろ辛い思いを伝え続けた。それに対してカウンセラーというより、一人の個人の言葉として返してくれているように感じた。

私はだんだん安心してきた。私のことを分かろうとしてくれている人がいる。なんとか辛い思いを癒そうとしてくれている。

気が狂うと思っていた心が、だんだん暖かくなってくる。死にたい思いは消えないけれど、実行はしない。あらためてそう思えるようになってきた。偽善的に聞こえるかもしれないが、誰にも迷惑をかけずに死ねるのなら、今すぐ実行するけど、私が自死を選ぶことで迷惑をかける人がいることが分かっているから死ねないという〝本音〟を伝える。それを聞いて安心したと言ってくれる。強いね、と言ってくれる。

私は弱いからこんな病気になって、いつまでも治らずに、働けもせず、生活保護で生きている話をするが、それは弱いわけじゃないと言ってくれる。たとえ嘘でも自分を擁護してくれる人がいるのは心強いものだ。

今まで誰にも話したことのないような本音もいろいろと聞いてもらう。それに対してとくにアドバイスをするわけでもなく、そんなこと考えてたの？　辛かったねと対応してくれる。

名前も顔も知らない、今後二度と話すこともないであろう相手であることが、余計にこの世の中で受け入れてくれる人もいるんだという確信になって、私に冷静さを取り戻させてくれた。

相手もそれを察知して、もう一度お薬を飲んで横になってみたら？　ということになった。眠れなくてもいいから、少し休んだほうがいいから、今は先のこととか何も考えず、休むことに集中するといいと思う、このまま電話を切っても大丈夫そう？　と聞いてくれた。

私はたぶんもう大丈夫だと思うと言い、いろいろ話を聞いてくれたことに関して本当に感謝しているということを伝えて電話を切った。

時計を見るともう朝の4時を回っていた。結局4時間ものあいだ、話を聞き続けてくれたことになる。

もっとちゃんと感謝の言葉を伝えればよかったと後悔したが、そのまま電話で約束した通り薬を飲み、横になった。眠れはしなかったが、だんだんと外が明るくなり始め、発作のように起こった気が狂うという感覚もなくなっていた。ラクになりたいという気持ちはあったが、自分が自らの意思で死を選ぶことはないという確信もあった。全ての思いを吐き出したようで、久々に爽やかな気分で朝を迎えた。

宗教嫌いも助けてくれる

――ありがたいクリスチャン

そのころの私はあらゆる方法で電話相談に応じてくれるところをピックアップしていた。昼間は比較的落ち着いており、時間を持て余していたから、ネットに繋いで検索しまくっていたのだ。夜になると昼間の余裕が全くなくなり、パニックを起こすことが多かったので、夜中でもつながる電話相談は必須だった。

公共の電話相談は「自殺撲滅月間」に開設される自殺相談以外、夕方の5時には終了になる。その時間帯はまだ落ち着いていることが多い。問題は深夜だ。有名な「いのちの電話」は有名すぎてほぼ繋がらない。マイナーなところを探して回った。

ある夜、またパニックを起こしたことがあった。私はあちこち電話してみたが、どこも話し中で繋がらない。そこで教会がやっている電話相談に電話した。何度目かの電話で繋がった。相談員は比較的女性が多いが、その電話に出たのは男性だった。こちらも苦しくて必死だったからあれこれ訴えた。

正直、電話をかける時、教会だから宗教的な死の概念とかの話をされるのかなといった懸念があったが、その男性は全くそういった話はせず、淡々と話を聞いてくれ、よく電話してくれましたねと言って、辛い思いを吐き出せば少しはラクになるからなんでも話して大丈夫ですよと、こちらが話すことを促してくれた。

またもや、死にたいけど死ねない辛さを訴えた。それは辛いですね、でも耐えているのは立派なことだと思いますよと同意してくれる。薬を飲んでも一向に眠れない話や、もう10年以上も病気と闘っているが治る見込みがないことなど、思いつくことをなんでも話していく。男性はそうですかよく頑張ってますねなどと相槌をうちながらも、励ましの言葉をかけ続けてくれる。

しばらく話していると、こちらも落ち着いてくる。男性はここにかけてくるのは初めてですかと聞き、なかなか繋がらなかったでしょうというので、数回ですぐ繋がったというと、それはラッキーですよ、こちらもなるべく多くの人に対応したいのですが話し中ばかりになってしまって、なかなか繋がらないようなんですよと申し訳なさそうに言う。

私はこんなマイナーなところにまで電話が殺到しているのかと驚いたが、たしかに夜中に誰かに繋がりたくなる気持ちは分かる。自分も含めてみんな必死であちこち検索してかけているんだろうなと思い、これ以上長く話し続けるのも待っている人がいるからと思って話を切り上げた。男性はなかなか繋がらないかもしれないけど、いつでも電話してきてくださいねといい、電話を切った。

最後まで思いやり溢れる対応で、牧師さんなのか信者の方なのか、全くふつうの電話相談と変わらず、宗教色がゼロだったことに好感をもった。

布教活動とは一切無縁に、ボランティアで深夜まで電話相談をしてくれているというのは、本当にありがたいことだ。死にたいと訴える人々に対して、自ら信じる神などを引き合いに出すことなく、死を思いとどまらせようというのはなかなか信念のいることだと思う。死にたいなどと思っている人間は、神などいない、役立たずだと思っているからこそ死にたいので、そのへんをたぶんよく理解してくれているのだろうな…、などと思った。

電話もいいけど手紙もね！

――お坊さんとの往復書簡

だいたい働きもせず、日中をやり過ごすとなると、ネット中毒者のように、ネットばかりやっていることになる。読書などする集中力もないし、音がするものはテレビもラジオも神経に触って受け付けないから持っていない。先生からも、夜ますます眠れなくなるので昼間は辛くても起きているように言われている。夜は調子を崩していることが多いので、ネットに繋いでいてもただ目的もなくダラダラ見ているだけなのだが、昼間は結構いろいろ検索したりする。内容はその時によって違うのだが、電話相談を調べまくったり、薬の最新情報を調べまくったり、うつ病の治療法について調べまくったり。

そんな中で、自殺について検索していたときにたまたま見つけたのが「自死・自殺に向き合う僧侶の会」である。これはその会に手紙を送ると、僧侶が直接、返事の手紙を送ってくれるというもので、要するに自死について語り合う僧侶との往復書簡である。ホームページもあり、いろいろ見ていくうちに興味がわいてきた。

普段はパソコンでしか文字を打たないのだが、手紙を書いてみたくなった。

その頃の私は死についていろいろと考えることがあり、聞いてみたいこともいろいろあった。さっそく、引き出しの奥にしまいこまれていた便箋を引っ張り出し書き始めた。

僧侶が返事をくれるといっても、誰に届いて誰が返事をくれるのかは分からない。それが逆に気楽な感じで、思っていることを片っぱしから書いていった。そしてそれに対してどう思うのかを教えて欲しいと書いた。書いているうちにどんどん長くなってしまい、便箋8枚分くらいにびっしり書いたと思う。切手を貼って近所のポストに投函した。

返事はなかなか来なかったので、腹立たしくもあり、諦めきった気持ちでもあった。だが2週間ほどして分厚い封書が届いた。さっそく開いて読み始める。驚いたことに一文字一文字、墨文字で書かれている。丁寧な挨拶文の後、こちらが投げかけた疑問点に関しての思いや感想などが丁寧に書かれていた。そして、分からないことに関しては分からない理由とともに、はっきりと分からないという由が書かれていた。全体に非常に丁寧で、心のこもった手紙であった。返事が遅れたことに関する謝罪も書かれていた。

夜になると発作的に電話相談に電話することが多かったが、手紙でのやり取りというのは全く違ったお互いの思いの交換ができる。

そんなわけで、ある僧侶との往復書簡が始まった。最初のうちは頻繁に手紙を書いていたが、そのうちに調子を崩し手紙どころではなくなった。だが、落ち着きを取り戻し始めると、また調子を崩していた時の思いなどをしたためて送ったりした。

電話と違い、すぐに返事があるものではなかったが、時間はかかっても必ず返事は返ってきた。僧侶としてというより、一人の人間としての思いを正直に、丁寧に書いてきてくれた。常に死と向き合っている職業であるだけに、深い思いを感じた。

手紙というのは電話と違ってちゃんとカタチとして残るものなので、後から何度も読み返すことができる。これはかなり勇気づけられるものだ。病院の診察でも先生との話はそのうちあやふやな記憶となってしまう。それはその時その時の自分の状態を見て対応してくれることなので、いちいち覚えていなくても、その時先生に言われたことがその時の自分にとって一番大事なことなので、それでいい。

だが、もっと根本的に疑問に思っていることや、深く探ってみたいことなどは、手紙だとその時その時の気分によって読み返すと後からこういう意味だったのか！　などと気づくこともあり、意義深いものだ。別に自死に対することだけでなく、ふだん疑問に思ったことなども書くようになったが、そういったことに対してもちゃんと丁寧に思いを書き綴ってくれた。

私の中でまた一つ、心の支えが増えた気がした。いつしか手紙を書くこともなくなってしまったが、それは病気がよくなってきた証拠だろう。それほど深刻に、何かについて思い悩むことがなくなったということだ。ただ、たぶん今手紙を書いてもちゃんと返事をくれるだろう。そんな信頼感がある。

拒食の日々

――階段も上れなくなるほど衰弱し…

気が狂いそうになる日々を繰り返しているうちに、食事も受け付けなくなってきた。ほとんど何も食べない日々が続いた。

薬の副作用で一時は20キロオーバーしたこともあった体重も、転院して薬を減らしてからは元に戻っていた。薬の副作用だけで太る薬もあれば、食欲が増進していくら食べても満足できなくて食べすぎるという副作用が出る薬もある。

何度か過食に見舞われもしたが、すぐに薬を変更してもらって、それほどひどくなることもなかった。体調はひどくなったり、持ち直したりを繰り返していたが、食欲が落ちることはあっても、何日間も食べられなくなるほどにはならなかった。

それが全く何も受け付けなくなった。それでも体調を崩すこともなく、そのままの生活を続けた。体重は量らなかったが、着ているものがブカブカになっていった。マズいな、という思いはあったが、自分ではそれほど気にしなかった。

診察も隔週で続けていた。どんどん痩せていく私に、そのままだと入院しなくちゃならなくなるよと先生は言うが、何か食べなくてはいけないとは思うが、食べようという気になれずにズルズルとそういう生活が続いた。

自分では身体は元気な気がしていたが、体力はどんどんなくなっていっていた。診察以外は近所のコンビニくらいしか外に出ないため、それほど自覚はなかった。ただ、診察に通うには1時間以上かかる。歩くのがおぼつかなくなっていた。フラフラとよろけたりして歩きながら、これじゃ不審者だよな、職務質問受けないかな？　などと考えながら交番の前を通ったりした。駅の階段は手すりがなければ上ることも降りることもできなかった。

病院では診察のあと、栄養剤の点滴を受けるようになっていた。入院を勧められたがそれだけは拒否していた。お腹が空くという感覚がなく、無理矢理に栄養補助食品などで生活していた。

生きている意味もわからず、このまま死ねればラクなのにという思いと、このままではマズいという思いが交錯していた。それでも寝込むほどではなく、体力はなかったが、体調が悪いということもなかった。食べ過ぎの過食のときは危機感があったが、痩せていくことに関しては危機感がないどころか、逆に嬉しくさえあった。

だがある日、地階のコンビニに買い物に出かけ階段は普通に降りたのだが、買い物を終えて階段を上ろうと足を上げようとしたが、足がまったく動かなくなった。力が入らず無理に足を上げようとすると足が震えて上がらない。私の脇を何人もの人が通り過ぎていく。だが助けを求める勇気はでない。何事もなく立ち止まっているふりをして、人が通り過ぎるのを待つ。

なんとなく、しばらくすれば足が上がるような気がしていた。足の震えが治れば大丈夫だという感覚があった。階段の下に佇みながら、しばらくそのまま突っ立っていた。座り込むと誰かに不調が分かってしまうかもしれないと思い、座り込むことはしなかった。

どれくらい時間が経ったか、足の震えも治まり、これならなんとか大丈夫だろうという具合になった。足を上げる。ぎこちないがなんとか一歩一歩なら上れそうだ。人が来ないのを確認しながら、一段ずつ階段を上っていく。途中で止まりながら、それでもなんとか地上まで登りきった。

平地を歩くのもおぼつかない感じではあったが、家まではそれほどの距離はない。何度も立ち止まりながらも家にたどり着いた。

栄養補助用のゼリーをチューチュー吸いながら、これは本気でマズいなと思った。このままだとまともな生活は続けられない。希死念慮や発作的な気分の変調はある程度治まっていたが、このままひとりで生活を続けていく自信がなくなっていた。

入院がアタマをよぎる。再入院にはかなり抵抗があったが、今回は気分的なものより、体調の問題だった。先生からも何度も入院を勧められている。生活の改善のためだと思って気楽に考えるようにとも言われている。

もうひとりでやっていくのは限界かな、という気がした。それほど考え込むこともなく病院に電話していた。

先生は忙しくてなかなか電話ではつかまらないのだが、その時はしばらく待たされて直接繋いでもらうことができた。診察日はまだ先だったので、電話で入院したい由を申し出た。先生はすぐにベッドの空きを確認してくれて、いつでも大丈夫だといってくれた。

ただ、入院準備をするにも体力がいる。もう何度も入院を繰り返しているから、持っていくものは分かっていた。それをスーツケースに詰めればいいだけだ。ただその体力がない。3日後まで時間をもらって、そのあいだに準備することにして、入院の予約をお願いして電話を切った。

思ったほどの悲愴感もなく、病院まで荷物を持って行けるかどうかなどの心配をしていた。

入院手続きはいつも通りの手順で行われた。病棟も同じだし、病室は違うけれど、構造は同じところだ。空いているベッドは窓際ではなく、廊下側の出入り口のほうだったが、先生には窓際のベッドが空いたら移してくれるよう頼んであった。

ほとんどまともな食事はしていないから、栄養剤の点滴でもされるかなと思っていたが、それもなかった。ただ無理してでも食べられるだけ食べるようにということと、エンシュアという栄養補助ドリンクを一緒に出すからそれを飲むように言われ、あとは規則正しく生活していれば自由にしていていいとのことだった。

最初の入院のときは知らなかったが、パソコンも持ち込んでいいことが分かっていたので、ノートパソコンとWi-Fiを持ち込み、ネット環境も整い、ベッドで退屈することもなかった。

最初の頃は食欲もなかったのでエンシュアに手をつけていただけだったが、デザートだけは食べるように看護師から言われ、デザートのヨーグルトやゼリーなども食べるようになっていった。

それから徐々に食べられそうなものだけでいいから少しずつ食べるよう言われ、その日の気分によってはおかずに手をつける日もでてきた。

病院では1日1回は最低でも看護師と話をする時間があるのだが、今までの入院とは違い、精神的な悩みについて話すことはあまりなく、日常会話をして終わっていた。

なるべく規則正しい生活をということで、徐々に散歩にも出るようになった。先生との面談もそれほど話すことはなく、生活上の話などが主だった。

本当に療養にきている感じの入院生活だった。ベッドも窓際に移してもらい、かなり快適な生活をしていた。食欲も徐々にではあるが戻ってきていた。期間は1ヶ月ということで入院していたので、とくに迷いもなかった。1ヶ月間療養して、退院しようと決めていた。

今回の入院生活は順調だった。体力も取り戻しつつあった。これなら退院してもやっていけるだろうという自信もついた。拒食によって、歩行さえも困難になりつつあった状態は、1ヶ月の入院で、特別な治療プログラムを受けることもなく、日々の先生や看護師からのアドバイスによる入院生活の中で治癒していった。

自分から限界を知り入院することで、極度の拒食症になる前に危機から脱した。入院は辛い時のためだけでなく、療養するためにも役立つことも学んだ。

その後も体調を崩したりして何度か入退院は繰り返したが、1ヶ月以上いることはなかった。先生と最初に診断の段階で話し合って、1ヶ月という期間を決めて入院するようになっていた。これはかなり心強い。いつ良くなるか分からず、よっていつ退院できるかも分からない状態に比べれば、ある程度回復したら退院できることが分かっているし、治療に専念できる。入退院を繰り返しながらも、確実に良くなりつつあるという自覚ができたことも大きかった。

過食も拒食も先生の的確な対応で、特別な薬を使ったり、何度も繰り返すこともなく治まった。

鬱はまだ快復していなかったけれど、自分のなかで、病気に対処していく方法を身につけつつあった。現実から逃げることばかりを考えていたのが、現実の状態を見つめ、対応していくことを覚えていったということだろう。

第6章　忘れゆく日々

退院した日から廃退の日々

——何もできない、寝たきり状態

結局、最後の退院・最後の入院という決意もあっさり崩れ去り、何度かの入退院を繰り返した。正確に回数は数えていないし、覚えてもいないが、入院はトータルすれば軽く十数回は超えていただろう。

ただ、今回は覚悟が違った。どれほど勧められても今後一切、入院という選択肢は外す覚悟があった。もうこれで最後にすると固く決意していた。病状も明らかによくなってきていることは確かだったが、それでも波はある。けれど今後はどんな波がきても自力で乗り切る覚悟があった。自力でといっても、先生のアドバイスがなければ無理だろうし、薬もまだ手放せない。ただ入院という選択肢は終わりと決めた。今後、何があっても…。

スーツケースを抱えて1時間以上かかる道のりを、かなりのハイテンションで自宅までたどり着いた。久しぶりの自宅は何も変わっていなかったが、その安心感のせいか、どっと疲れを感じた。スーツケースに収まっているものを片付ける気力はない。それは明日でいい。とりあえず必要な薬とノートパソコンだけ取り出し、スーツケースはそのまま放置した。

解放感よりも、狭いアパートで今から何をしよう…、と迷う。とりあえず、パソコンを繋ぐ。病院でもほとんどの時間をパソコンにあてていた。ネット環境も整えていたので何不自由することもなかった。

だが、ベッドでの操作と机に向かっての操作は気分が違う。机に向かって意味もなくYahooトピックスなどをたらたらと見る。特に興味のあることもないが、だらだらと読み進める。そこからネットサーフィンが始まっていく。これといって興味のあることなどないから、なんとなく引っかかるものを見ていく。

気がつけば病院での夕食時間は終わっている。もうみんな薬を飲み終えて、それぞれ自由に消灯までの時間を過ごしているんだろうな…。そう思いつつ、とくに食欲も感じないし、部屋には食料もないので、そのまま薬だけを飲む。きょうは疲れていてコンビニまで行く気力はない。まぁいいや。そんな思いから今までの規則正しかった3度の食事のリズムが崩れていく。

病棟の消灯時間は9時と早い。いくら薬を飲んだからといえ眠れる時間ではない。それでも一応はベッドに横になる。結局は眠れなくて毎晩、頓服をもらいにナースルームに向かうことになるのだが、横になっているだけでもかなり負担はへるものだ。

だが、退院してひとりになると、そういったことが一気に曖昧になっていく。布団に入る時間は当然のように12時を過ぎ、眠れないといってすぐ頓服を飲む。朝は4時前から覚醒してしまい、それでも布団からは離れず、ゴロゴロと無意味に時間を潰す。

働いているわけでもないので、起きる時間に決まりもない。ただゴロゴロと時間を持て余し、朝を迎えても起き上がる意味を見出せず、そのまま怠惰に過ごす。

入院中であれば朝の6時には起き出して洗面を済ませ、朝食までのひと時を過ごすのだが、前日まで当然のように行っていたそれらの作業が全くもってできなくなる。

たった1日で入院前の怠惰な生活に逆戻りする。それを何度も体験しているから、もう入院はしないと決めたという側面も大きい。結局、決められた、保護された中ではうまくできることも、ひとりではできなくなってしまう。

自立が目標である以上、自分で自己管理ができるようにならなければなんの意味もない。気分の急激な波が治まってきていたので、自立することが常にアタマの片隅にある。生活保護を受け続けることへの抵抗がどんどん大きくなっていく。調子がいいと働けるのではないかと本気で思う。ただそれが長くは続かない。毎日規則正しい生活をするのが当面の目標となる。

それでも気分のいい日は増えてきた。ほとんど外には出ないが、たまに散歩に出たりするようにもなる。ただ意味もなく昼間歩いていると、自然と普通の人たちは働いているのに私は怠けている、という感情に襲われる。生活保護をもらいながら昼間散歩をしている自分に疑問を感じてしまう。

先生からはなるべく日光を浴びるようにと言われている。部屋は日当たりも悪く、陽の光も入ってこないので、昼間に散歩したほうがいいのは分かっているが、どうしても初めは気分良く外の空気を味わっていても、そのうちだんだんそうしていることに罪悪感を覚えて、気分が暗くなってきてしまう。

だから散歩は夜中に出ることが多くなる。眠れないことも手伝って、外の人通りも少ない夜中に歩くのはそれほど罪悪感を感じずにすむ。それでも外に出歩ける日は元気な証拠だ。そういう日は毎日の日課にしようなどとも思う。

ただ、そういった日が長く続くことはない。必ずだんだんと外に出るのも億劫になり始める。それでも昼間起きてネットでもしているときはまだいい。それすらできなくなり始める。眠れないのはいつものことだが、だるくて起き上がることすらしなくなってくる。部屋でほぼ1日、布団でゴロゴロとしている。何をするわけでもない。眠れるわけでもない。ただ起きる気力がわいてこなくなる。カーテンも何日間も閉め切ったまま、外に出るのは通院日だけ。

診察では先生に「どうですか?」と聞かれるが、寝たきり状態で何もする気にならないことを伝える。普段なら、昼間はだるくても横にならないよう言われているのだが、寝たきり状態になると、先生のほうもそこまで要求しなくなる。カーテンだけは開けましょうというアドバイスだけで診察は終わる。診察時間も短いし言われることも少ないのだが、毎回その時に応じた的確なアドバイスをされるので、それだけは守ろうという気になる。

朝になるといったん起き上がりカーテンを開ける。ただ残念ながら日当たりの悪い部屋なので、爽やかな朝といった感じを受けることはない。外が明るくなってきたというのが分かるといった感じだ。カーテンを開けるとそのまますぐに布団に戻ってしまう。そして何をするでもなくゴロゴロとしている。

そういう状態の時は気分も決して良くはないので、考えることも後ろ向きのことばかりになる。生活のリズムも無茶苦茶だ。なんとなく空腹感を感じると、ちょっと起き出して買い置きしておいた簡単なものを食べてまた横になるという生活。あとはトイレ以外に布団から出ることもない。

いったいそんな長い時間、布団の中で何を考えているのだろう？　と思うが、体調がいい時には忘れてしまっている。たいして建設的なことを考えているわけではないことは確かだ。ただ漠然と将来に対する不安を感じて鬱々としているだけだ。

とにかく何もかもが面倒になってしまう。調子を崩して寝込むとお風呂にも何日も入らず、ほとんど浮浪者だ。面倒くさくてどうしても何もできなくなってしまう。パジャマも着たままで、着替えもしない。誰が来るわけでもないので、そのままズルズルと何日も過ごしてしまう。

お腹もほとんど減らないが拒食の恐怖があるので、1日に最低1度は何かしら食べるようにするのだが、料理などする気力はないので、冷凍のうどんやそばで済ませてしまう。栄養は完全に偏っていて足りていないのは確実だが、そんなことまで考えられない。意識としてはちゃんと栄養のあるものを食べなければと思うのだが、食欲もないのにわざわざ起き出して料理することはできないでいる。

買い置きがなくなると仕方がないので近所のコンビニまでまとめ買いしに行くのだが、もう羞恥心や常識などどうでもよくなっているので、風呂にも入らないまま適当にあるものに着替えて買い出しにいく。

近所付き合いなども当然のことながら全くないので、周囲のことなど何も気にしない。誰にどう思われようと関係ない、という感覚しかない。

本当に何もかもがどうでもいいのだ。とりあえず生きてさえいればいい。完全に引きこもりだ。

病院の時だけはバスと電車に乗って出かけなくてはならないのと、あまりにも酷い生活をしているのが分かるとまた入院の話が出るからという思いがあって、シャワーを浴びてちゃんと着替えて出かけるのだが…、それ以外は本当に人間として終わっている。

最低限のことすらできずにいる。家にはテレビもないので、起き上がって机に向かいパソコンを立ち上げないと、世の中の情報すら全く知らないまま過ごすことになる。

だいたい定期的に調子のいい時と悪い時の波が交互にくるのだが、調子がいいといっても、特に何かをやるわけではなくパソコンに向かっているだけだ。すごく調子がいい時は毎日掃除、洗濯をして食事も2度か3度はきちんととる。シャワーも浴びる。それでも他にやることはないので、だいたいネットで時間を潰す。

そういう生活をしばらく続けていると、だんだん毎日だった掃除や洗濯が面倒になって今日はいいやとやらなくなり始める。そうするともうお決まりのパターンで、どんどん怠惰な生活を送るようになり、ついにはシャワーを浴びるのさえ面倒になり、パソコンに向かう気力もなくなり、布団から出なくなる。

しばらくそんな生活を続けていると、そのうち気力がわいてきて、シャワーを浴び、そのまま着替えて近所に買い物に出るようになり、ネットに繋いでニュースを読んだりするようになる。万年床だった布団もたたみ、洗濯したりし始める。

そういったパターンの繰り返しをこの何年もやっているだけだ。

ただ、極端に調子を崩すことはほぼなくなり、昔から比べれば横になっている日々より起きている日々が増えてきてはいる。

先生は確実に良くなってきているというが、まだ時間はかかるだろうと考えているようだ。自分でも調子のいい時はもう治るんじゃないかという期待感をもつのだが、そうすると働いていないことに罪悪感を感じ始め、また調子を崩す…、ということを繰り返す。

調子のいい、起きているときに何をしていればいいのかが全く分からない。日雇いでも働ければいいのだが、明日のことさえ分からない状態で、まだ外に働きに出るだけの勇気がわいてこない。

10年以上も何もせずに生きてきて、情報もネットだけの限られた情報だけ。そんな中でいったい今の自分に何ができるのかが全く分からない。集中力や根気なども全く無くなっているので、いまの状態では仕事など通用しないだろう。調子のいい時はそういうことを考えすぎて結局また調子を崩すのがいつものパターンだ。

隔週で病院に通って診察を受け薬をもらって帰る。それが基本パターンになっている。その時々で調子のいい時、悪い時の波はあるがいつものことなので、先生も特にこれといったことはしない。調子の悪い時はカーテンだけは開けるようにとか、お風呂だけは入るようにとかいった指示で、調子のいい時は日光に当たりに1日1回外に出るようにといった指示だったり、その時々の状態をみながら、できる範囲のアドバイスをくれる。

治らない気がするなどと泣き言を言うと、どんどん良くなってきているから大丈夫と励ましてくれ、ちょっとテンションが上がっている時などに働きたいと訴えると、焦らずもう少し様子をみましょうと、突っ走らないようになだめてくれる。

それ以上でもそれ以下でもない、その時々の的確なアドバイスに従ってこれまでなんとかやってきて、本当に少しずつだが良くなってきている実感もある。

元に戻るわけないじゃーん！

――諦めはついた、あとは変わるだけ

自分でよくなってきていることを自覚した時点で、考え方にも変化が出てきた。ずっと「元の自分に戻りたい」と思い続けていたが、もう元に戻ることはないんだということが分かってきた。

時間が戻らないように、自分も昔と同じ状態になどならない。

最初はそれを自分自身で認識するのを心のどこかで避けていた。取り返しのつかない時間を無駄にしてしまったという思いが強く、それはもう治らないということと同意に思われた。元の元気な自分に戻れないということは治らないということだと思い込んでいた。

ただ次第に、もう時間を逆戻しはできないんだ、元に戻るということは幻想だ、時間は

進んでいるように自分もどんどん変わっていっているんだということを納得して考えられるようになってきた。今の自分を変えなければいけないんだという前向きな感情がほんの少しずつ芽生えてきた。

それでもやはり過去の自分に執着する自分がいる。病気にさえならなかったら…、と考え始めるといたたまれない思いになる。

ただ、もうそこには戻れないという諦めはついた。

あとはこれから先、どう変わっていくかということになる。

先はまだ全く見えてこない。仕事のこと、生活のこと、解決策は思いつかない。

本当は病気はもう治っていて、ただ怠けているだけではないか…、何度もそう思った。診察で何度もその質問をぶつけた。先生は「怠けているんじゃなくて、できないんでしょう?」という。

確かにできないことは多い。でも普通の人はそれを頑張ってやっているんじゃないかと思う。なんとか日常生活だけでも普通に過ごすくらいはできるんじゃないか、どこも悪いわけでもないのにゴロゴロと寝ているのは怠けているのとどう違うのか?

ネットはできるのに仕事はできないなんて完全に怠けているだけだろう、そう思う。ただそう思ってもやっぱり毎日、規則正しい生活をするというのはどうしても続かない。調子が良くて何日かそういう生活ができる日が続くこともあるが、かならず数日で寝込んでしまう。

昔だったら普通にできたことが、できずにいる。時間はどんどんと過ぎていく。気がついたらもう50歳になろうとしている。こんなことをしていてはいけないと思う。もう元には戻れない。それは当然のことなのだ。だれだって元の自分と思っているものには戻れないんだ。自然に時間とともに変わっていくものなのだ。だとしたら、いい方向に変わっていくしかない。今はまだ最低の生活しかできないけれど、そこから一歩でも二歩でも進んでいかなければ。

後退してしまうことの連続だけれど、それでも諦めずに前を向かなければ…。そういった思いが日に日に強くなっていく。

だるくて起き上がれず横になっていても、このままではダメだという思いが強くなる。昔だったらジタバタ暴れていたが、今は頓服を飲み、なんとか悪い感情をやり過ごそうとするようになった。

人からみたら逃げているだけに見えるかもしれないが、そういう時は何を考えても悪い方向にしかいかないことは分かっているので、なんとかやり過ごすようにしている。

いつまでもこのままの状態じゃない、いい日も来る、と思えるようになった。それはかなりの進歩だと思う。

いきなり良くなることはないことも分かっているので、徐々にいい日が増えていけば、いつかは日常生活が普通に送れる状態になって、治っていくのだろうと思う。

元の自分がどんなだったのかすら、もうほとんど記憶にないが、それはもう考えても仕方のないことで、いま自分が理想とする自分になれるように頑張るしかない。

これだけ社会と隔絶した生活を送っていたのだから、本当にまた新しいスタート地点からのやり直しの人生だ。一からのスタート。

そんなに甘いものじゃないのは自覚している。でもそのスタート地点までたどり着かないことには自立した生活は送れない。自分が目指しているのは自立した生活で、それはスタート地点でもあり、それを続けていった先にゴールがあるはずだ。

鬱病患者だって楽天主義者なのだ

――ラクになりたい！　だっていろいろ

病気になった初期から、一番ひどい状態だったとき、治りかけの今と過ごしてきて、その時々で感情の変化もものすごくあったのだけれど、変わらない感覚というのが「ラクになりたい」という感覚だ。これは今も変わらず残っている。

ただ、この「ラクになりたい」の意味がその時々でまったく違っている。最初は元気だったのが、体が重くなり、眠れない、仕事が進まない、食欲がない、などといった身体症状が強く、心の問題よりも身体がラクになりたいというところから始まった。特に眠れないことがとにかくひどかったので、なによりそれが辛くて、寝てラクになりたいと思っていた。

それがだんだんひどくなって最悪の状態までくると希死念慮《きしねんりょ》が強くなっていく。生きていること自体が辛いのでラクになりたい、つまり死にたいになってしまうのだ。この誘惑は強かった。とにかく何一つやる気が起きないどころか、何もかもが苦痛でしかない。生きている意味が全く分からなくなってしまう。死んだらラクになれると思い込んでしまうのだ。今この場から逃げだしたい。これ以上、我慢できない。先のことなど全く考えられなくなってしまう。とにかくこの状態から抜け出すには死ぬしか方法がないと思い込んでしまう。

私もこの希死念慮に取り憑かれた時はまさに地獄を生きている感覚だった。死にたいという思いをひとりでは止めることができず、診察時には必ず死にたいと訴えていたし、深夜に電話相談に電話して助けを求めたりした。このときの「ラクになりたい」という願望は本当に強烈で、死に対する恐怖心とかなくなってしまい、今いるのが地獄なのでそれを断ち切るためには死ぬしかないという感覚なのだ。

正常な感覚で考えたらどんな正論でも吐けるのだけれど、希死念慮に襲われているときは、それがどんな正論でも受け付けなくなってしまう。身勝手と思われるだろうが、ラクになることが自分を救う唯一の方法で、その方法は死ぬしかないと思い込んでいるのだから。

そこから回復期に向かうと、今度は現実と対峙しなくてはならなくなる。そうすると世の中の見方とかに敏感になってくる。それまでは病気のことで手一杯だったので自分のことしか考えられなかったのが、だんだん周りと比較するようになってくる。寝込んでばかりいたのが、起きている時間も長くなり、集中力もだいぶ回復してくるので、ネットとかで世の中の動向とかを調べたりし始める。

そうするとまず出てくるのが生活保護の問題。とにかく保護を受けていること自体に自分でも嫌悪感を持っているので、生活保護に対する非難や問題などに同意してしまう。けれどいま打ち切られたら生きていけない。そのジレンマにはまってしまう。

そこで出てくるのが、働いていないということ。ニートや引きこもりの問題などを見ても人ごととは思えない。他人から見れば私も昼間からネットを見て過ごしているような人間で、「働けよ！」と思われると思う。

もう十数年も病院に通っていれば、診察といっても近況報告くらいで、特に変わったことなど何もしない。それでも治ると言われているから通っているけれど、薬も十数年飲み続けているわけで、もういわゆる普通の生活というものを十数年していない。

朝起きて歯を磨いて、顔を洗って、3食決まった時間に食べて、風呂に入って寝る。しかも掃除、洗濯、料理などの家事もある。そういった行為を普通にできない。

最低限のことすら毎日続けられずにダウンしてしまう状態では、仕事はどう考えても無理がある。ただ生活保護から抜け出すには働くしかない。そのためには病気を治す以外に方法がない。そこで最近出てきたのが、病気から解放されてラクになりたい、という思いだ。良くなってきたからこそ思えるようになったのだとは思うのだが、まだ完治のメドが全くついていない。

働きたいという思いは訴えているのだが「今は焦らず」という言葉。アタマでは、焦って病状が悪化しかねないというのはよく分かっている。先生の言うことがもっともだとは思うのだが、どうやったら早く治るのかを教えて欲しいというのが本音だ。

先生もそればかりは分からないと言う。今はできることから少しずつやっていくことだと言われる。

日々の変化はかなりある。そういった波に自分自身が疲れてしまって、もう病気から解放されてラクになりたいと思うのだ。

よく考えれば、死にたいという意味だったラクになりたいから、ずいぶんと進歩したものだと我ながら思う。

人間とは欲張りなもので、常に何かしらラクになりたいと思っているのではないか？それは鬱病患者だって同じ。鬱病患者はやる気も欲望もないと思っている人もいるかもしれないけれど、そんなことはない。やる気の度合いや欲望の内容が違うだけで、ラクになりたいとは思っているのだ。

鬱病で一番多いのが、死んでラクになりたいなのだと思う。

死以外のラクな生き方を提示できればいいのだけれど、死を選ぶ理由はラクになりたいからだけじゃなく、その人、その人に理由があるから難しい。

私もまだ病気が完治したわけではないし、命という重い問題に何も答えは見いだせないし、答えなどないとも思ってはいる。けれど、病気は治ると信じて、病気を治すことがラクになることだと信じて今は生きている。

急がない死

——生まれた時から確実に死に近づいているのだから

最後に、私は死ぬことしか考えられなかった時でも決して実行には移せなかった理由について少し書いておきたい。これはその時に考えていたことではなく、今になって思えば……、という話なので、それが死を選ばなかった理由のすべてとかではない。ただ、自分にとってこういった経験がなかったら、たぶん今生きてここにはいないだろうと思う。それほど死んでラクになれればと思っていた。

私は父を10歳のときに亡くしている。難病で気づいたときには手の施しようもなく、倒れてから5日ほどで亡くなった。お正月で祖父や祖母のいる実家に家族で帰っていたときだった。父の兄弟の家族たちも集まっていた。そういう恵まれた状況で突然、倒れた。最初は町医者が急遽、往診に駆けつけてくれた。そこで即入院ということになり、病院に入院した。祖父の家から病院までどうやって行ったかまったく記憶にない。気が付いたら、私は病院の一室にあった簡易ベッドのようなところで寝ていた。

母から面会に行くように言われたが私は拒んでいた。他の親族からも父に会いに行くようにと何度も声をかけられたが、拒み続けた。

私にとって父は絶対的な存在だった。ものすごく可愛がってもらったし、真面目で几帳面でだれからもいい人と言われるような人だった。そんな父が倒れて病院に運ばれて寝ている。そう考えただけで、私はそんな弱い父は見たくないと思ったのだ。その時の私は、父も私にそんな姿を見られたくないだろうと確信していた。

だが、会わずにはいられない状況となった。これが最後だよ、と言われたのだ。面会の最後のチャンスだと。それでも私は渋々従ったカタチだった。ほんとうなら会わずに済ませたいと思っていた。

予想通り、病室に入ると点滴や何やらのチューブに繋がれた父の姿があった。私は認めたくなかった。こんな惨めな姿なんて見たくなかったと思った。私は子供の頃からほとんど泣いたことがなかったが、自然と涙がでてきた。ただそれは悲しみの涙ではなく、悔しさの涙だった。こんな惨めな姿になって、ということが悔しかったのだ。そしてそれがほんとうに父の最後の姿となった。

その後、お通夜や火葬やお葬式と儀式は順を追って進んでいったが、私は二度と泣くことはなかった。まだ子供で、死に対して理解していなかった部分もあったが、もう二度と会えないことは分かっていた。骨を見たときにそれは確実に理解した。

ただやはり、あの父が骨になったということは悲しみよりも悔しさのほうが大きかった。あの父が…、当日まで一緒に遊んでいた父が。

人間なんて脆いものだ。お通夜やお葬式に対して妙に冷めた目で見ていた。くだらないと思っていた。なんだか心が冷え切っていて、感情がなくなってしまったようだった。

周りからかわいそうにといった目で見られるのも耐え難かった。それまで無邪気で明るくて積極的だった自分が、そこから少しずつ変わり始めた気がする。

どこかいつも冷めている部分があった。普通に今まで通りに振る舞っていたが、今までのように無邪気に楽しむということはなくなった。悲しいという気持ちにもなったことはなかった。あんな姿を見たくはなかったという思いのほうが強すぎたのだと思う。

父が亡くなってから、生活がガラリと変わった。まず家を引っ越した。転校もした。それまでの明るく積極的だった自分は表面上は変わらなかったけれど、内面では大きく変化していた。友だちはすぐにできたが、一緒にいてもそれほど楽しいとも思わなかった。遊んでいてもどこか冷めていた。家で本を読んでいるほうがずっと楽しかった。友だちの家に遊びに行って、帰りに友だちの本を借りて帰ってくることも多かった。本を借りるために遊びに行っているようなものだった。

家に帰るとそれまでは毎日出迎えてくれていた母が働きにでていて、誰もいなかった。それを別段寂しいとは思わなかったが、経済的にゆとりがなくなっていくのを肌で感じていた。母からお金がないなどといった話をされたことはなかったが、それでも状況が苦しいのは理解できた。母は毎日働き尽くめで、帰って家事一切をやってくれていた。子供心にそんな母を尊敬し、ぜったいに迷惑をかけてはいけないと思っていた。

父が亡くなったということが、どれほど母の人生を狂わせたかと思うと、「人の死の影響力の凄さ」を子供の頃から思い知らされていた。母だけではない。家族全員が変わってしまったし、環境も変わってしまった。何もかもが父の死によって変わってしまった。決して父が悪いわけではないのだが、私は素直に父の死を悲しめなかった。父は私のことを目に入れても痛くないというほど溺愛していた。それなのに勝手に死んでしまったことに、どこか腹を立てていた。歳を追うごとに無念だったろうなという思いも分かり始めてきたが…。

そんな幼少期を過ごしたせいか、死に対してどこか妙に冷めた見方をするようになっていた。人がひとりいなくなっただけで、周りの状況は一変してしまう。感情的なことよりも周囲への影響を考えるようになっていた。

鬱病がもっともひどかったころは希死念慮がひどかった。「死にたい！」という思いを断ち切ることができなかった。それでも死んだら人に迷惑をかけることになるという思いがどうしてもアタマに浮かんで実行に移せなかった。

死にたい願望は本気だった。死ねない自分の苦しみでこのまま本気で気が狂うと思った。それほど死にたいと思っていても、どうしても周囲のことを考えてしまう。父が亡くなってから今でも働きづめの母のことを考えると、私が死んだらどれだけの迷惑をかけるか…、という思いが邪魔をして実行に移せない。

『自殺のコスト』雨宮処凛（太田出版）という本を読んでみたのもその頃だ。そこで誰にも迷惑をかけずに死ぬ方法などないということを改めて思い知らされた。

本気で気が狂うと思ってひとりの部屋で泣き苦しんで助けを求めたこともある。死にたい！　死ねない！

いま思えば、父の死がなかったら、私は確実に死んでいたと思う。

子どもの頃の純粋な感覚で人の死に直接触れたことは大きな財産だったと思っている。人ひとりの死が何人もの人生を変えてしまうことを実際に身体で感じて知っていることは大きい。そうやすやすと死を選べなくなってしまう。病状がひどかった時はその体験すら呪ったものだが、いまになれば救われたんだと思える。

死はいけないとは思わない。死にたくてうずうずしていて、死にきれなかった人間なのだから。ただ、死ぬよりももっと地獄の経験をしてみたっていいんじゃないか。

急がなくても、死は生まれた時から確実に近づいているのだから。

死の恐怖よりもこれから生きていかなければならない恐怖のほうが大きいことだってある。それでも生きるほうを選ぶ勇気を持ちたいと思う。死は消えることではない。

いつからか、死にたいモードは諦めに変わっていった。諦めに変わったからといって、すぐにどうにかなるわけでもない。何度もやっぱり死んでラクになりたいなどと思い返しもした。それでもいま生きて、まだ先は見えないけれども確実に回復に向かっている。

私はこの十数年間を呪い続けてきたけれど、今こうやって過去を吐き出すまでに回復した。

思い返せば貴重な十数年だったと思う。

まだ働きもせず無駄に生きているだけだけれど、まだまだ人様に迷惑をかけて生きていかなければならないけれど、人間の弱さは本当にじっくりと学ばせてもらえた。今も学んでいる。死ぬまで学び続けるのだろう。

そしてもう一つ学んだことがある。

「弱さはときに強さになる」

強く生きようと願いながらも、弱い自分も可愛がってあげようと思う。

もし鬱で苦しんでいる人がいたら、急がない生き方を一緒にさがしてみませんか？

●あとがき

本作は構想を練っていた時点までの話を書き記したものです。構想から書き上がるまでにかなりの時間を有しています。

まだ完治には至っていませんが、私自身はこのあいだに大きく変化しました。体調の波はありますが、家で仕事をしたりもしています。

いまは、1日も早い社会復帰を目指して、何にでも挑戦していきたいと思っています。

この本も挑戦の第一歩だと思っています。この本に目を通してくださった全ての方に、こころから感謝申し上げます。ありがとうございました。

最後になりましたが、何も分からない私を最後まで見守ってくださったハート出版の佐々木照美様をはじめ、出版に尽力いただいた方々に感謝申し上げます。

道草 薫（みちくさ　かおる）
1965年生まれ。
もともと、能天気で楽観的な性格。
記憶障害ながら、何もかも順調な人生を送っていたが、
2000年頃から睡眠障害に始まり、鬱病へと移行。闘病生活へ。
2015年現在、完治はしていないが、徐々に楽天的な能天気さを取り戻しつつある。

スリリングな鬱

平成27年10月15日　第1刷発行

ISBN978-4-8024-0004-6　C0095

著　者　道草　薫
発行者　日高裕明
発行所　ハート出版
〒171-0014 東京都豊島区池袋3－9－23
TEL. 03－3590－6077　FAX. 03－3590－6078

印刷・製本／中央精版印刷
乱丁、落丁はお取り替えします。その他お気づきの点がございましたら、お知らせ下さい。